普魯斯特
Proust

作家與作品 11

普魯斯特
Proust

威廉・參孫（William Sansom）◎著

林說俐◎譯

洪藤月◎審定

作家與作品系列 11

普魯斯特
Proust

作者	威廉・參孫
譯者	林說俐
審定	洪藤月
系列主編	汪若蘭
責任編輯	翁淑靜
特約編輯	陳以音
封面設計	林翠之
電腦排版	謝宜欣
發行人	郭重興
出版	貓頭鷹出版社
發行	城邦文化事業股份有限公司
	台北市信義路二段213號11樓
	電話：(02) 2396-5698
	傳真：(02) 2357-0954
	網址：www.cite.com.tw
	電子信箱：service@cite.com.tw
郵撥帳號	1896600-4　城邦文化事業股份有限公司
香港發行	城邦（香港）出版集團
	電話：(852) 2508-6231
	傳真：(852) 2578-9337
新馬發行	城邦（新馬）出版集團
	電話：(603) 603-9056 3833
	傳真：(603) 603-9056 2833
印刷	崇寶彩藝印刷股份有限公司
初版	2000年12月
定價	250元

ISBN　957-469-202-7

追尋普魯斯特的似水年華

普魯斯特的《追憶似水年華》撰寫過程共分成三階段，第一階段已經把七部小說的第一部第一卷〈貢布雷〉（Combray）以及最後一部小說《重現的時光》（*Le Temps retrouvé*）完成，並以「善變的心」（Les Intermittences du coeur）為主導標題，時間為一九〇九至一九一二年。

第二階段普魯斯特增添近千頁以上的文稿，將前述二部小說擴增成三部，分別以「斯萬家那邊」、「蓋爾芒特家那邊」及「重現的時光」命名，形成三部曲的模式，在「追憶似水年華」的主導標題下呈現，時間為一九一二至一九一三年。

第三階段時間較長，前後約八年，在此期間，普魯斯特奮力疾書近三千頁文稿，其間經歷許多變故，以焠鍊過的生命投入寫作，一直到與世長辭前夕，終於使三部曲模式重疊發展成七部巨作，時間為一九一四至一九二二年。

在擴寫的過程中，第一部小說《在斯萬家那邊》是由原有的「貢布雷」之外再加兩卷，形成〈貢布雷〉、〈斯萬之戀〉及〈地方：那個姓氏〉三卷，引導後面六部小說的發展。第二階段的第二部《蓋爾芒特家那邊》是後來擴寫得最豐富的部分，一共發展出五部小說，其中的傑作之一《在少女們身旁》，即全套書的第二部小說，於一九一八年出版，一九一九年獲得龔固爾文學獎，一九二〇年普魯斯特獲頒最高榮譽騎士勳章（Chevalier de la Légion d'honneur）。

不過，不論普魯斯特花多少心血擴寫，他所帶給讀者的全套書總結，始終是他在第一階段就已擬定的《重現的時光》這部小說。第一部和第七部小說的存在，證明普魯斯特是一位偉大的建築師，想以文學蓋起一座規模宏偉的大主教座堂；隨著第一部到第六部小說的逐步擴寫成功，見證了他所夢想的大主教座堂果真有機會讓普魯斯特以他過人的才華及毅力建構完成。

普魯斯特從小就生長在一個精緻藝術文化氣息濃厚的環境中，普魯斯特的外祖母和母親，兩位作者所鍾愛的猶太女性，對於藝術都很敏銳，注意帶給他「藝術方面很多層的厚度」，使得普魯斯特後來將之轉成「更高一層次」的美學理論，在他的小說中不

斷引導作品的發展。

　　普魯斯特青少年期就喜歡在巴黎羅浮宮內學習欣賞繪畫作品，二十四歲那年曾經寫了一篇文章介紹他的學習心得，名為〈夏爾丹與林布蘭〉（Chardin et Rembrandt），提醒文章中的少年人注意觀察日常物品，看他們如何被夏爾丹的眼光改變，其中作者送給文章中少年人的一句話如此說：「當你覺得某件物品看起來美麗，那正是夏爾丹曾經覺得美得可以入畫的物品；而且他之所以覺得該物品美得可以入畫，那是因為他覺得該物品看起來真美麗。」不久之後，普魯斯特經由法國十九世紀象徵主義派詩人波特萊爾（Baudelaice）所寫的〈燈塔〉這首詩取得靈感，自己也撰寫了〈畫家的肖像〉，將波特萊爾對音樂家的禮讚轉換成普魯斯特對畫家的頌辭，而詩中所提到的著名畫家，都是普魯斯特曾經在羅浮宮內欣賞過的藝術名家。

　　此外，青年時期的普魯斯特就養成習慣，經常潛讀有關繪畫藝術的期刊及著作，他所喜愛的藝術評論大師中最有名的一位就是英國籍的歷史學者及藝術理論家拉斯金（John Ruskin），拉斯金著作中所呈現的版畫及書中附加的照片，都成了普魯斯特創作小說時源源不斷地給他寫作靈感的材料。

　　普魯斯特並非旅遊作家，他一生中旅遊的次數相當有限，但是他常常神遊於許多藝術的國度。這種嚮往，來自他所閱讀的書卷以及他靜心欣賞的藝術作品：版畫、照片，一本令人陶醉的愛情小說，甚至火車路線圖，都足以令他神往、令他揣想：陌生的地名、地方，例如義大利的佛羅倫斯（Florence），這個令他朝思暮想卻無法前去的「鮮花之都」，實景可能沒有想像中美麗；其他的地方，或者其他的藝術建築所在地，例如巴爾別克的教堂，一旦去實地看了實景，或許只會帶來失望。

　　普魯斯特旅遊所到之處很少，不過都與藝術奇景有關；他追隨拉斯金的腳蹤，曾經參觀過法國北部的教堂、修道院、大主教座堂，特別喜愛觀察哥德式的雕刻藝術。一九〇〇年，當拉斯金去世時，普魯斯特藉由不斷閱讀深奧書籍，尤其屬於基督教文化藝術作品的鑑賞，寫成了許多篇文章，由於都與拉斯金有關，所以普魯斯特將這些文章收錄成序言，呈現在他親手翻譯的拉斯金著作《亞眠的聖經》（La Bible d'Amiens）中，大主教座堂也成了《追憶似水年華》很重要的主題。

　　從文學批評理論的角度來看，如果十九世紀的法國文學界沒有聖勃夫（Sainte-Beuve），普魯斯特的小說創作就沒有可著力的起跑點，但是如果沒有拉斯金，普魯斯

特就不可能在與時間競賽的比賽中獲得最高榮譽的勳章，成了為二十世紀小說境界開拓廣大藝術視野的天才作家。

在普魯斯特所著《駁聖勃夫》（*Gontre Sainte-Beuve*）一書中，當作者論及智慧與寫作間的關係時，他說：「我越來越不把理性看為首要，隨著日子的增加，我越來越明白如果要捕捉過往的經驗，唯獨要揚棄的就是理性，才能夠抓得住屬於作者自己的東西，以及那唯一能創造出藝術品的材料；理性所交待給我們的『過去』並不是真正的過去，實際上就像某些傳奇中的陰魂故事一樣，我們生活的每一個小時一旦消逝，就立即隱藏，借宿在某一件物體裡，失去的時光就被囚禁，再也無法逃脫，除非我們再度與那個物件相逢，透過物質，我們又認出了那一段失去的時光，我們呼喚她，她就被救出來了。」

不論是在文學或繪畫藝術領域，普魯斯特都在在證明他所持守的品味不會有誤失，他有實力鑑賞好的油畫，不需要依恃畫家的好名聲，他不但會欣賞古典的畫家，也會欣賞一些已被人遺忘或是已褪潮流的畫家，更能欣賞當代的畫家，即使他們的畫風過於大膽而遭到當時一般人的排斥。普魯斯特所鍾愛的「暗喻」寫法，以「肉眼觀察」，將我們視覺中的世界加以改變的寫作方法，一定是源自他對印象派作品深度探究之後所獲得的心得。

讀者對《追憶似水年華》的敘事者身分幾乎一無所知，只知道他名叫「馬賽爾」。他在全書中穿梭，唯獨不在〈斯萬之戀〉中出現。讀者讀不到有關他外表造型的資料，也很難知道書中其他人物對敘事者的看法。全書中，敘事者多採取旁觀者角度來陳述，他觀察貢布雷的有產階級社會，也觀察聖日耳曼區貴族階級社會；他尤其喜歡把自己定位在傾聽者的角中，整套小說中儘管出現了許多場大型宴會，他卻很少以核心人物的姿態出現，以至於在《女囚》這部小說中，當阿爾貝蒂娜（Albertine）與他一起談論藝術時，我們才很難得的「聽見」了他講話的聲音。

書中的敘事者曾經深情地愛戀過三位女仕：吉兒貝特・斯萬小姐，蓋爾芒特公爵夫人以及阿爾貝蒂娜，其中對阿爾貝蒂娜的愛最難割捨，小說所占有的篇幅也最多，共有《所多瑪和蛾摩拉》，《女囚》及《女逃亡者》三冊之多。名為「馬賽爾」的這位敘事者其情感糾結相較於斯萬與奧黛特之間的愛情，有許多類似之處。他們兩人都是大醋桶，更重要的是他們都不太會掌握一個謎團，就是他們自己。他們各自的愛情故事

發展途徑也如出一轍：在萌生愛意之後接踵而來的卻是妒火中燒，馬賽爾的妒嫉情結完全占滿了《女囚》整部小說，隨後則是以冷漠收場，這種冷卻的過程都寫在《女逃亡者》書中。

第一次世界大戰爆發期間，也就是上述三本小說的文稿擬就的主要時間，當時，普魯斯特滯留在巴黎，雖然他是除役者，帶著屏弱的身軀漫步在被探照燈掃射的街道上，巴黎的夜晚淒涼愁苦，恰似貝多芬晚年譜的四重奏所傳出的哀泣聲令人斷腸，普魯斯特常常喜歡聽那種音樂，那也是他撰寫最後四部小說時，心中常常感覺到的幽暗。當他以旁觀者角度描寫，看見擁有十天休假日的前線軍人，站在某家巴黎餐廳窗外，裡面的人擁擁擠擠地訂餐桌，心想：「這裡可是沒有火藥味」，只會使普魯斯特心頭湧起一陣椎心之痛。當停戰協定簽訂時，普魯斯特曾經寫信給他的摯友史特勞斯夫人，信中如此說：「我最喜愛的和平，就是不留下仇恨在任何人心中的和平。」

洪藤月
（本文作者為輔仁大學法文系及
法文研究所專任副教授）

目 次

蒙梭公園（Parc Monceau）入口，普魯斯特童年時曾在此處玩耍。

一生之作——《追憶似水年華》

中間是我的開始與結束——或許可以用這句話來形容馬賽爾‧普魯斯特（Marcel Proust），他用他的晚年維繫人生開端，要了解他，最好從他的中年時期開始看，三十九歲時，他在位於歐斯曼大道（Boulevard Haussmann）上那間加了軟木隔音牆的著名房間裡進行他最為人所知的長篇鉅著《追憶似水年華》（*A la recherche du temps perdu*），英文譯做《往事追憶錄》（*Remembrance of Things Past*）。

該書的主題是追尋他的青春與過去，寫作該書則引領他至臨終前的幾小時，當時病重但仍在修改手稿的他，就像站在艦橋上眼看自己的大船即將沈沒的艦長——只不過在普魯斯特的例子裡他是躺著的，而且他的船從未下沈，反倒像一艘飛船，乘著後世仁慈的風，航向天際。

這是一部巨作，甚至可以說是一生之作，因為他之前大部分的寫作與思想都貫穿其中。該書本身有一百二十五萬字，等於現今十三本一般長度的小說。此外必須加上四十萬字的《尚‧桑德伊》（*Jean Santeuil*），這是先前對於同一主題的首次嘗試，最後未完成即告半途而廢。而且還要再加上他二十五歲時出版的第一部作品《歡樂與時日》（*Les Plaisirs et les jours*），以及他一生中寫過的無數長篇連載小說與評論文章，甚至還得回溯至他學生時代的創作。所以全部加起來共高達三百萬字，這些還可以再乘上一大堆的修改和重寫，天知道總共有

多少，反正一定足以讓大多數作家臉色發白，而事實上又沒有人可以比他更蒼白，因為我們知道，他幾乎一輩子都在生病。

氣喘

　　普魯斯特主要的疾病是氣喘，神祕而且是身心相關的，發病原因一是來自外在可察覺的塵埃，一是來自內在潛意識的罪惡感和慾望，兩者所引發的孤獨感，既是磨難也是天惠。身為作家的掙扎之一是既要做主人也要做奴隸。做主人的要留心做奴隸的是否能擺脫社會壓力；在這一方面疾病是個很好的藉口。普魯斯特從九歲起即患有氣喘，雖是間歇性的發病，但總是持續惡化。喜愛花與花香的他無緣親近花朵；每年四月中旬起，乾塵、花粉和馬毛讓他在接下來的幾個暖月裡深受花粉熱之苦。有個老掉牙的爛笑話說，對一個氣短的人來說，普魯斯特的作品是長的離譜，與實際病情不符。氣喘的病因是氣吐不出去，一種會暫停吐氣功能的痙攣，所以他事實上是個憋氣憋太久的人，必須自己想盡辦法把氣吐出來。這些辦法，加上花得起錢做的預防措施，代價的確相當大。

　　他位於歐斯曼大道上的公寓，當時算是挺摩登的建築，但對於罹患氣喘與失眠的他來說卻位置不佳，因為房子與樹同高，而且淹沒在大道鼎沸的人車聲中。如果你知道馬匹加上馬車的長度有多長，你便明白那其實比現今最大的汽車都要來得大，而且很吵：有馬鞭聲，馬蹄聲，駕駛的咆哮聲與車輪的輾軋聲，再加上新的引擎聲——阿諾·班奈特〔譯注：Arnold Bennett，1867-1931，英國小說家〕六年前，即一九〇四年，便已經開始描寫在盧森堡公園（Luxembourg Gardens）裡所聽到的「遠方的交通吵雜聲」。因此，在充斥著塵土、花粉與噪音的季節裡，普魯斯特的窗戶總是得緊緊關住。此外，他新近在牆上加裝有隔音效果的軟木；這些釘在木條上的軟木相當厚，在第一次世界大戰後他要搬家時，這些軟木還被賣給瓶塞製造商，切下來做成軟木塞。他的窗簾也總是拉上的，因為他都是白天睡覺；爐子裡通常都生著火。

　　他因此生活在嚴重的通風不良悶臭中，更糟糕的是還要忍受治療氣喘的吸入性粉末的灼燒。另外還有抗氣喘香菸的煙；也許還有他在生命各時期裡服用的各種藥物所散發出來的輕微藥味：台俄那，佛羅拿，鴉片，腎上腺素，咖啡因，嗎啡，可樂等等。再加上剩餘食物的味道以及便器，你可以想像以前慢性病人住的那種永遠不通風的惡臭

房間，的確很像牲畜欄，完全不像現代又乾淨又通風的療養院。當然也沒有花。床邊的桌上混雜著手稿與藥物。有幾樣怪僻──例如，一個擺在地板上的大銀製枝形吊燈。沒有芳香劑驅臭──「先生害怕貴婦人的香味，」他的僕人曾經如此對不請自來的貴族訪客表示。（在一間結構堅實的公寓裡，他可以聞到隔幾個房間遠的朋友所使用的香水。）所以，蜷縮在被窩裡，身穿襯衫式長睡衣外罩羊毛外套的人，就是我們這位生病、出汗、咳嗽的創作家。

貓頭鷹臉

三十九歲的普魯斯特，自然不再是賈克－艾米‧布朗許（Jacques-Emile Blanche）畫筆下那位正值青春的二十歲公子哥兒。事實上，那

卡密‧畢沙荷（Camille Pissarro）的作品《義大利人大道》（*The Boulevard des Italiens*）。

身穿輕便長褲的普魯斯特褲(左)在托
維爾(Trouville)。

幅肖像可能只是理想而已;原本的草圖上畫的是一個駝背、不修邊幅
的年輕人。總之普魯斯特是那種熱中挑選服裝但是很快就忘記衣服存
在的紈袴子弟,一下子就弄髒手套,讓褲子變得鬆垮;他是自戀機器
人的相反,對凡事的興趣大過於對自己外表的注意。比方說,他可能
會打白領結、錯穿晨禮服去赴晚宴。所以我們知道這是個頭髮散亂、
蓄大黑鬍子的人——我們今天對喜劇演員的印象——面色慘白,常被
同時代的人說貌似一個波斯王子、殭屍、或是嚇人的貓頭鷹。貓頭鷹
這樣的形容,是因為他的主要特徵在於其圓得離譜而又黑的不得了的
眼睛。這一雙很大的眼睛,在虹膜底部和下眼皮之間成白色,給人環
形、催眠的感覺,而深色睫毛,眼下多圈的黑影以及上方企圖相接的
黑眉毛,更加深了這種效果。所以一種環形的效果,常常讓人覺得他

在瞪人但又不是真的在看人；實際上，這使人產生一種被動物盯上的不安感──貓或是貓頭鷹──一邊瞪著你一邊把你吞下肚。

此外，他的下巴很長，末端橢圓但是大而堅毅：在某些照片裡他笑起來下巴突出，下排牙齒好像在吃飯一樣明顯。整張臉是細緻的橢圓形，上面明顯頂著黑如炭的頭髮，臉色的蒼白與憂鬱讓人以為這是個有鬍子的丑角。他的身高則說法不一；軍隊檢查說他是五呎六吋，所以應該是接近「一般」高度，說高不高說矮不矮，反正高跟的靴子一穿身高就跟著變。當他的嘴因感興趣而張開時，突出的鼻子讓他看起來有點腺狀腫的樣子。脖子短，頭又大又圓。除了一般說來算是英俊的外表之外，他還具有個人魅力，與外貌並駕齊驅的內在美，文質彬彬。他說話輕聲細語；不過很容易笑，也很容易哭。在哲學與美學的深度涵養之外，他就像他小說裡所展露的一樣，極具幽默感。

普魯斯特所繪的兩幅漫畫，送給雷納多・漢恩。

(左圖) 附簽名的臂章：「卡斯泰漢恩先生 (Monsieur Castelhahn) 送給安侯爵 (marquis du Aan)」。

(右圖)《眾聖崇拜的三位一體》(*The Trinity adored by all the saints*)，根據德國畫家杜賀 (Dürer) 的作品而來。

幽默的一面

文學的世界裡不單單只有那些自怨自艾、對藝術搖尾乞憐的人，還有很多空間保留給機智、明目張膽的詼諧與輕佻。這些特色普魯斯特

都有。他作品中的幽默反映出各種程度的喜劇，從巧智風趣到最廣義的鬧劇都有。現在有很多人知道他那張玩網球／壁球／吉他（魯特琴，或者是那時的班卓琴）的快樂照片，對著擺出皇家架式的珍娜·布桂（Jeanne Pouquet）屈膝：當時那種戲謔、輕率，之後幾乎不復見。同樣地，他和一群朋友互相取綽號，並且發明一套特殊用語：因此雷納多·漢恩（Reynaldo Hahn）是Bunibuls，費內龍（Fénelon）顛倒成Nonelef，畢貝斯科（Bibesco）變成好笑的Ocsebibs。

顯微鏡VS.望遠鏡

歡樂是短暫的；當然，通常他對眼前的事物是相當嚴肅而且絕對敏感的。他的作品被描述成顯微鏡風格；他自己比較偏愛「望遠鏡」一詞，事實上這也比較貼近他不諱言身為「偷窺者」（voyeur）的作用，很多景象都是透過房子窗戶或車窗等隱私的框框呈現。他第一回看到愛情的景象是透過粉紅色山楂花，他看到的樹木、高塔、時間以及他在餐廳、劇院、沙龍或是街上看到的社會景象，似乎總是透過他那顆到處停下來看的頭，配上兩個眼窩所形成的高倍雙筒望遠鏡。不過那當然是記憶的雙筒望遠鏡：關在他孤獨、人多的房間裡，作家自然得從記憶下筆，而在普魯斯特的例子裡，緊閉在燻煙的房間裡，書寫著一段段的回憶，其中總是多一種向度；而英文版的讀者也許甚至可以感受到一個更令人好奇的面向——英文翻譯是那麼結實堅固，以致讀

（左圖）詹姆斯·麥克奈爾·惠斯勒（James McNeill Whistler）所畫的湯馬斯·卡萊爾（Thomas Carlyle）肖像，掛在普魯斯特的臥室裡。

（右圖）普魯斯特臨摹同一張畫的素描，上面寫著：KARLILCH PAR WISTHLERCH。

者還以為敘述者其實是一個英國人假裝成法國人。作家普魯斯特蹣跚的身影，不分四季身穿深色毛外套，會讓人想到一件格子花呢披風，一個躲躲閃閃的偷襲獵鹿人。

尚・貝何（Jean Béraud）所繪的《佛德維爾劇院，大道》（*Théâtre du Vaudeville, Grands Boulevards*），1889年。

勢利

　　這個被上流社會深深吸引的人是個勢利鬼，還是個富有天分的間諜？這是一個長久以來的老問題。批評家沒想到他可以兩者皆是；人性喜歡把東西用一個個包裹包好，但人生裡頭還是不乏拖泥帶水、無法乾淨處理的事情。總之勢利是一個大的壞字眼，裡面藏有許多不同的情緒：勢利的情況在下層「階級」中跟上流社會同樣常見，在運

動、娛樂圈跟知識、藝術圈裡同樣普遍，它通常只是一種手段，純粹爲了專注於手上的事情而築起的屏障——以運動、沙龍、藝術來摒除其他世界的干擾。普魯斯特自己分析社會與中產階級各式各樣的勢利，他可以輕易洞視僕人階層、中產階級或是反猶太人狂潮中的情緒偏見。在小說中，他身手矯捷，不過他也做下記錄。在他自己的現實生活裡，出身巴黎市中心的富裕家庭並在社會邊緣人的環伺下成長，他偏愛具有美學價值或是有秩序的族群，而不喜歡不合群的窮人，波西米亞式的下層階級。（值得注意的是他來往的人士屬於紀德〔Gide〕和考克多〔Cocteau〕之列，而非那些粗鄙之人，像是布列東〔Breton〕或是較早的土魯斯－羅德列克〔Toulouse-Lautrec〕；在他眞實與想像的生命畫布上，看似包羅巴黎的萬象，其實排除在外的可多了；他跟作風開放的富人一樣落入常見的陷阱，以爲接觸過幾個傭人、侍者、店員、漁人就足以了解整個勞動階級，對於大部分的工廠工人、髒兮兮的礦工和滿身泥巴的農人實際上卻是一無所知。）但是他在貴族圈子裡找尋的應該是光彩與優雅而非勢利的滿足：至少，他厭惡別人都是基於他們的愚蠢而非地位使然。他有時會以身作則，讓人見識到貴族不費工夫就能展現出紳士的模樣。而且對一個驕縱的有錢年輕人來說，依貴婦人的香味而調整步伐是相當自然容易的事。

　　後來，他在一封致賽特夫人（Mme Sert）的信中確定他個人對勢利的

亨利‧伊凡波（Henri Evenepoel）1899年的作品，《聖克魯大道的週日散步》（*Sunday Promenade at Saint-Cloud*）。

奧古斯特‧雷諾瓦（Auguste Renoir）畫筆下的蜜西亞‧賽特（Misia Sert）肖像。她是普魯斯特時代巴黎知識、藝術圈裡的翹首人物。

態度，賽特夫人是畫家荷西－馬利亞‧賽特（José-María Sert）之妻，此信寫於一九二一或一九二二年：

夫人，

⋯⋯即使「你是個勢利鬼嗎？」這個句子乍聽之下曾讓我覺得很蠢，現在也因為是從您口中説出而變得可貴。句子本身沒有意義；固然有少數的朋友，例如偶爾有公爵或是王公來走動，探問我的近況，不過我還有更多其他的朋友，其中一個是旅館侍者，另一個是司機，我反而會更費心對待他們。再者，這兩類朋友分不出孰輕孰重。旅館侍者比公爵更消息靈通，法語説得更漂亮，但是他們更拘禮，較不單純，比較敏感。總之，他們是值得我們去交往的。司機甚至更高貴。

排擠

　　普魯斯特年輕時對貴族世界的傾心並非不尋常：歷史上有過宮廷藝術家，而今日在許多首都裡，通常有一小群頂尖作家和畫家跟有錢有勢的人混在一起，自外於和他們同樣有天分的同行，而後者則在盡量遠離前者的領域裡找到更真切的現實。但是儘管普魯斯特選擇上層社會是很自然的事，背後還有更進一步與更為複雜的動機：他的主要角色是個被排擠的人，而某些專屬領域明顯地吸引這位被排擠的人。病患、猶太人與同性戀者的身分使他被排除在不同人生經驗之外。他被中產階級背景所孤立，性好幻想而又渴望融入暴發戶後代的優渥生活（與小說中敘述者對於在海邊嬉戲的活潑女生的企圖對照比較）。他很小就遭受排擠，因為弟弟的出生偷走了母親的注意力；由於他生來比其他小孩敏感，他被排除在大人晚間的娛樂之外，只得孤單單地窩在床上。他害怕被排擠，因而遭致排擠，前前後後的戀曲都是；所以至少在他與女人的關係裡，他選擇的是不可能的愛情——比他年紀大很多的女人，或是社會地位比他高很多的，或是無法見容於社會的交際花；當這些都不可得時，他會專門去找訂婚的女子或是朋友的妻子，結果也遭到禮貌的拒絕。被排擠的他，既鞏固他被排擠的程度而同時又尋求突破重圍。至於同性戀情，他最終選擇被雇用的秘書，一種不違反排擠原則而又依附在主雇關係下的肉體禁錮之愛。此外，他樂於因自己的某些身分而引起社會排斥，他是德雷弗斯的擁護者（Dreyfusard），他是忠貞的猶太人與仁慈的自由派人士，更是一個反猶太主義的受害者。最後，在悲喜交織的情況下，他深深感受到過往對他的排斥，他記憶中的童年天堂已將他驅逐在外。

　　一九一○年秋天，他一手導演一項更進一步的孤絕境況，從此他幾乎終生白天睡覺，晚上才起來工作或是出門。這些排擠的背後其實都是有意識的，不一定真的都是緊閉的門。普魯斯特事實上穿透過許多道門。當新一代的猶太人因為特殊專長如智慧或金錢而開始為社會所接納，社會也接納了他；不過我們必須記得他只是半個猶太人，接受羅馬天主教教育，並在當時擁有酷似浪漫波斯或是蒼白阿拉伯王公的外貌，使他在一九○九年巴黎流行起芭蕾舞碼《一千零一夜》（Schéhérazade）與俄國芭蕾時搭上流行便車〔譯注：Schéhérazade是《一千零一夜》中講故事以免一死的蘇丹新娘〕。難以估計的是他母親的影響力；她是個過度擔心兒子健康的典型強勢母親，以今日大家所謂的愛心「猶太媽媽」一詞便可知猶太人的族群力量有多大。（入籍

1909年揭示俄國芭蕾在巴黎首季演出的海報。

英國的亞美尼亞人麥可・亞倫〔Michael Arlen〕曾莫名地呼應普魯斯特，他的作品創造出二〇年代倫敦上流社會裡金髮、打白領結的名流圈，最終會爲普魯斯特式的騎士疾病與英勇腐敗所瓦解：亞倫也是名義上被排擠的人，實則出自願。）

普魯斯特的朋友和愛人對他是又愛又恨。他的談吐風趣高明，而且——總是很會耍寶——相當善於模仿。他同時心思敏銳，占有慾強。當他察覺到旁人的冷淡，他會以高度熱情相對；這位被排擠者會馬上採取攻勢。不過，他性格裡有一樣難得的特色是他似乎完全沒有惡意。在一個奸巧與出於惡意的行爲並不罕見的社會裡，他天生的體

1904年的一件大新聞。葛夫樂伯爵夫人（Comtesse Greffulhe）挽著葛拉蒙公爵（Duc de Gramont）的手臂離開馬德蓮教堂（Madeleine），她的女兒愛蓮（Elaine）與吉胥公爵（Duc de Guiche）在該教堂成婚。葛拉蒙公爵是新郎的父親：普魯斯特的小說中有影射他與伯爵夫人的角色。

《1867年世界博覽會期間在杜樂利王宮的正式慶典》（*Official Celebration at the Tuileries during the Universal Exhibition of 1867*），亨利·夏賀勒·安東·巴洪（Henri Charles Antoine Baron）所繪的水彩畫。此類場景出現在普魯斯特出生前，而他希望能有機會參與。1867年，他的主角夏賀勒·斯萬（Charles Swann）正值盛年。

貼、善良與誠實使他無法從事旁人輕易爲之的惡行。如果被激怒，他頂多冷嘲熱諷地回一句，但是僅止於此。或許，身爲一個有洞察力的人，他知道行惡的劣質與容易；或者他根本不受惡念誘惑，壓根兒沒想到要使壞。總之，在這方面他似乎相當純眞。如果他有時說起話來殘酷或無情，他的本意也不是要傷害人，只是想表達某種普遍的眞理而已。

與眾不同的怪人

他曾被人批評詔媚：逢迎的行爲在當時很難跟正常的法國禮節，文壇裡盛行的大師崇拜以及作家喜愛過分修飾書信的作風做一區分。但是他當然毫不吝嗇。外加典型的普魯斯特雙重性——他極度慷慨、體貼，但是又可以突然變成最不體貼的人。因此，他令人不可置信地期盼朋友配合他的夜行時間：他會在午夜過後很久登門拜訪（通常是爲了尋求資訊，一個句子的意思，某種社會禮俗的解釋），還會發出早上六點鐘的邀請函，邀一位幸運朋友去看聖母院（Notre-Dame）門上的

雕刻（事實上普魯斯特曾在黎明去看過一次，只在睡衣外面罩了件毛外套）。他對待幫他開車和聽寫文句與整理家務的傭人也是兩極化。他付他們超出正常薪水許多的錢，要求他們白天絕對保持安靜，晚上和黎明則事情特別多；跑腿，收寄信件以及茶點皆不可怠慢——工作內容合理，但是工作時間不合理。服侍普魯斯特是件專家的差事。雖然在態度上他不是個暴君，向來都客客氣氣：例如，曾有記錄顯示他寫了張紙條給一個朋友的門房，用了以下了不起的稱謂，「吉胥公爵的門房先生（Monsieur le Concierge）」。他為何要付超額的薪水和小費？為了確保被接受？為了確保舒適？這種做法有不擇手段的味道，但是這論點站不住腳，因為巴黎的上流紳士一向不在乎錢財，隨意揮霍；在這方面普魯斯特最終或許有些古板，當揮金如土的勢利風到達頂峰時，他反而像個第二帝國一八六〇年代的人。不過理所當然，他的貴族朋友不贊成他誇張行事。

他無疑是個行動派，或者說是血氣方剛。他年輕時曾經以手槍決鬥過。甚至到了中年，他當眾受辱時還會馬上說要決鬥——他比較擔心的是決鬥的時刻，而非受傷喪命的危險，因為決鬥通常定在破曉時分，那正是他上床睡覺的時間。當然，當時的決鬥已經算相當安全了，用手槍偏離發射的決鬥對陣形式已被接受，用劍的話仍免不了要流血。武器再銳也比不上人的脾氣銳；怕只怕對手的脾氣古怪或是失控，大家都還記得摩瑞斯（Mores）對梅爾的決鬥事件，阿曼德·梅爾（Armand Mayer）隊長被殺，折騰半天才死。臉色蒼白的普魯斯特似乎並不在意；迥異於他對不舒服或是任何可能會加重他病情的狀況所

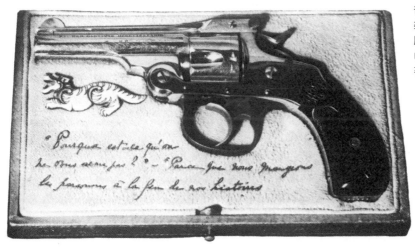

普魯斯特送給吉胥公爵和愛蓮·葛夫樂作為結婚禮物的左輪手槍。槍盒由腓德列克（可可）·馬達索（Frédéric〔Coco〕de Madrazo）設計，上面刻著愛蓮小時候寫的詩句。

持的態度——他會穿大衣到最正式的餐廳用餐，他會寫長信給餐廳女老闆要求室內溫度與緊閉窗戶。去拜訪他的人可能必須忍受他只用寫字條的方式交談，如此才不至於干擾他的吸氣治療；雇請工人整修房子的鄰居可慘了——所有的工程都得移到下午。那是可以原諒的，因為氣喘與失眠都是相當累人的毛病，而且兩者都干預到他對工作的百分之百投入。他自己如何常常自作自受則是另一回事。

普魯斯特時期的巴黎

當時變遷中的巴黎呈現出一種特殊的普魯斯特式魅力。小說開始於他的童年以及他出生的前幾年，是他父母熟悉的年代而且永遠具有吸引力，永遠是這個妒忌的孩子所觸不著的。

他自己的童年是在巴黎公社之後的十年裡度過，但是神祕迷人的家族友人斯萬（Swann）的愛情故事發生在第二帝國的全盛時期。因此，

斯萬是與穿著圈環襯裙的時代有關連；普魯斯特的青春期總有女士穿戴撐起裙子後部的襯墊。但是以爲布當〔譯注：Boudin，1824-1898，法國畫家，印象主義先驅，以海景畫著稱〕的風景畫和普魯斯特的卡堡（Cabourg）海濱假期都點綴有第二帝國裝扮的仕女，可就不正確了。就像一定要把聖日耳曼區（Faubourg Saint-Germain）的沙龍放在塞納河左岸的老宅第一樣是不正確的；聖日耳曼區在世紀交替時已經由一個地理位置轉變爲抽象的社會區域，而且大多數貴族都移往河右岸的新興地區。而當時河右岸的街道又比我們偶爾去旅遊時所感受的要來得新穎多了。

　　普魯斯特除了在奧特伊（Auteuil）度過襁褓時期外，一輩子都住在聖奧古斯丁教堂（Saint-Augustin Church）與蒙梭公園（Parc Monceau）附近的小高級住宅區。起初他父母在世時住在馬列爾布大道（Boulevard Malesherbes）與古賽勒街（rue de Courcelles）附近；然後在歐斯曼大道住了幾年，再搬到女演員黑珍娜（Réjane）的房子住幾個月，最後定居

聖奧古斯丁教堂的廣角景觀。普魯斯特一家住在教堂左邊的馬列爾布大道。右邊是苗圃兵營（Pépinière Barracks：1890年代時狂放的木齊公爵〔Duc de Mouchy〕曾在該地於軍隊面前裸舞）。

居斯塔夫·卡依波特（Gustave Caillebotte）1877年的作品，《雨天的歐洲廣場》（*Place de l'Europe on a Rainy Day*），畫出聖拉扎爾火車站（Gare Saint-Lazare）附近的街道，那是普魯斯特前往諾曼第以及位於露夫西安（Louveciennes）附近的歐培農夫人（Mme Aubernon）家時搭火車的車站。

在阿莫朗街（rue Hamelin）的五樓。一八五、六〇年代歐斯曼男爵做了大規模的都市規劃重建工程，上述街道都位於新興巴黎市內的十五、十六區。用現今的話來說，普魯斯特應該算是住在二次世界大戰前建造的大型豪華水泥與玻璃公寓裡，新穎而無懷舊風。綿延無盡的白色七層樓房，屋頂是灰色複摺式，外型優雅但無特色，除了偶有細條石點綴以不損現代風格之名外，很難討人喜歡。如果普魯斯特使用「現代」一詞來形容建築或物品，他通常指的是新藝術（Art Nouveau）形式。一九〇〇年第一條通車的地鐵，各站入口處均飾有新藝術風格的綠色鐵柵。十九世紀末法貝傑（Fabergé）設計的珠寶退燒，拉利克（Lalique）和第凡內（Tiffany）登場。一八八五年公用電話亭啓用，舊式硬化橡皮話筒的獨特味道爲生活加味。法國，而不是美國，帶領歐洲汽車與航空工業（英文裡的司機〔chauffeur〕、車庫〔garage〕、副翼〔aileron〕等字眼都來自法文）的發展：世紀交替之初正是汽車工業的

（上圖）1890年代巴黎電話局的接線生。普魯斯特對她們的聲音十分感興趣，曾寫道，「……隱形的女祭司們，年輕的電話女士」。（引自《蓋爾芒特家那邊》第一卷。

（左圖）地鐵樓梯的新藝術主題。這些車站都多是由艾克多・吉馬（Hector Guimard）所設計。

黃金時期,汽油味對普魯斯特來說不是空氣污染,而是鄉間外出時的氣味。同樣,他對第一批飛機極有意識,甚至把喬托〔譯注:Giotto,1267-1337,義大利畫家和建築師〕在帕多瓦(Padua)畫的天使比喻成從頭上翻轉而過的飛機。普魯斯特歷經過重大的街頭革命,從馬拉的有蓬馬車和敞蓬馬車到發電的雙門箱式小客車與汽油發動的敞蓬車。當時的現代發明對日常生活的影響程度大於今日。廣播、電視與某些藥物名列少數真正影響我們生活的新興要素,太空計畫和電腦依舊遙遠神祕。早期發明的進展對於我們的影響較大:比如飛機作為一般運輸工具,引擎車的普遍,超級市場的興起。但是在普魯斯特有生之年裡,百貨公司裡的美廉超市(Bon Marché)則是一種革命性的出現:生命中充滿無限驚奇。相當困惑的普魯斯特臥室裡有個電熱爐,他可以描述牛奶在上面燒滾的情形以及房內的書籍文章,而大部分的巴黎住戶甚至連瓦斯燈都沒有,依舊使用油燈甚至於蠟燭。

沒有一樣東西比巨大的艾菲爾鐵塔看起來更充滿怪誕、無趣的未來主義;不過這座塔是為了紀念法國革命百年而在一八八九年誕生,帶著紅藍白三色探照燈掃過新共和國的天空。到了一九○○年,玩熱氣

為1889年博覽會建造的艾菲爾鐵塔。

1895年點燈的奢華：電力時代來臨前的最後一盞油燈。

燈籠褲在布隆尼森林處處可見。

球的人使用無線電報，走步競賽出現在巴黎花園（Jardin de Paris），無政府主義的混亂已被新的戰慄——嚴重氾濫的持刀搶劫犯罪取而代之。巴黎現在充斥著腳踏車；年長優雅的莎岡王子（Prince de Sagan）使騎腳踏車的活動在森林裡盛行，艾德蒙・龔固爾（Edmond de Goncourt）寫他看見「胖胖小小的左拉（Zola）」與情婦共騎，而阿諾・班奈特曾描述在一個奇靜的夜裡，一位穿燈籠褲的女性腳踏車騎士在香榭麗舍大道上點起一盞孤獨的中國燈籠。電梯的發明與交通量的增加，突然把最便宜的頂樓變成最貴的樓層。那的確是個充滿驚奇的變動年代，普魯斯特將許多變化忠實地記錄在他描繪封閉貴族社會

艾奈斯特・黑努（Ernest Renoux）所畫的《托卡德洛廣場》（La Place de Trocadéro），透過艾菲爾鐵塔的圓拱把位於塞納河另一邊、帶有阿拉伯風格的托卡德洛呈現出來。再加上一輛引擎車和幾張公園椅子，這就是普魯斯特時代新舊交融的景觀。

沒落的作品中，這隻冥頑不靈的老雷龍終於隨著戰爭爆發而倒下。

新血湧進；名門後代如邦尼・卡斯特藍（Boni de Castellane）想與美國千金聯姻，一大堆揮霍珠寶的俄國公爵擠在美心餐廳（Maxim's）裡，企業家和和猶太人越來越爲名流所接納。在普魯斯特最喜歡的「世紀末」（fin de siècle）咖啡店韋伯咖啡（café Weber）隔壁，開了間愛爾蘭酒吧。但是巴黎人的巴黎，擁有豐厚的拿破崙遺產以及藝術、時尚魅力，依舊是歐洲的首善之都，光明之都永遠是光明之都。

1899年的電動車，時代的象徵之一。

　　幽禁的普魯斯特在喧譁的變遷中艱難前進，準備接受帶有阿拉伯風格的托卡德洛廣場（Trocadéro），就像他接受汽油味一樣；迅速用兩頁的篇幅歌頌冰淇淋，就像他使童年度假地伊利耶（Illiers）的山楂不朽，或是讓我們目睹顯赫的沙龍嚥下最後一口氣一樣。一九一二年，他已經準備好小說的前幾冊；一九一三年出版，獲得一小部分人的欣賞，但是未如他所希望的廣爲大眾接受。戰爭爆發使得接下來的一卷無法發行：接下來的幾年他持續擴充、重寫已經寫好的部分，提供上

1871年，士兵在巴黎的先賢祠
（Panthéon）附近對巴黎公社的擁護
者開火。先賢祠是圖中偏左的那棟插
旗的圓頂建築。

（右圖）轟炸過後的奧特伊火車站。一
般認為這種殘破的景象影響了普魯斯
特以及當時懷著他的母親。普魯斯特
舉家從巴黎城中心搬到奧特伊避難。

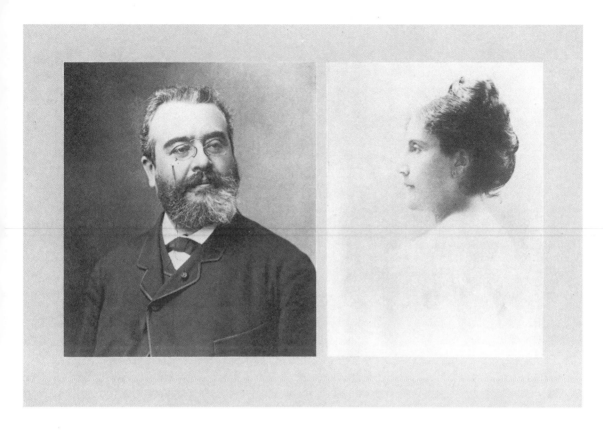

流社會垮台的最新消息，並且加入戰爭情節，甚至把他在貢布雷（Combray）—伊利耶的童年片段，從夏特（Chartres）的平原移到東邊國境，安排在德國人的占領區內——直到這部洋洋灑灑的鉅著於一九二二年他過世時幾乎完成為止。在不情願的情況下，他受益於戰爭；後世亦然。

阿德里安・普魯斯特教授，馬賽爾・普魯斯特的父親，以及馬賽爾的母親。此處普魯斯特夫人看起來比較像那不勒斯人而非猶太人。

身世

　　那麼這個奇特、頑固，留著蓬鬆鬍子的人怎麼來的？回到一開始，他父親因為擔心一八七一年巴黎公社的戰事而將懷孕的妻子遷至她叔父路易・韋伊（Louis Weil）在奧特伊花園環伺的別墅裡。別墅地處新規劃的布隆尼森林（Bois de Boulogne）盡頭郊區，一八七一年七月十日，馬賽爾・普魯斯特就在那裡見到生平第一道令人頭痛的陽光。

　　他的父親阿德里安・普魯斯特（Adrien Proust）是醫生，後來成為教授，一位藉由防疫線控制傳染病的權威。他的母親珍娜・韋伊

普魯斯特兄弟，羅貝爾(左)與
馬賽爾(右)。

（Jeanne Weil），是一位受過良好教育的猶太美人，外祖父是富有的股
票經紀人。

母親

　　年幼的馬賽爾結果是個瘦弱多病的孩子，這都歸咎於慘烈的普法戰
爭所帶來的血腥征戰與糧食缺乏。兩年後弟弟羅貝爾（Robert）出生，
身強體壯——對正在學步的馬賽爾來說卻是個比缺乏食物還嚴重許多
的威脅。馬賽爾終其一生都努力壓抑他對弟弟的妒忌——或許也是因
為有補償性的保護本能在作用的緣故——他們一直都是關係良好的朋
友：任何挫折都被移至伊底帕斯的範圍裡，但是此處小伊底帕斯似乎
遭受一種奇異的挫敗，因為在小說（自傳色彩濃厚）一開始就清楚記
載，在發病時刻他渴求母親的愛，結果同為競爭對手的父親大人突然

（前頁）克勞德‧莫內（Claude Monet）
之《公寓一隅》（*A Corner of an
Apartment*），1875年。在此同時，
年幼的馬賽勒‧普魯斯特常常一個人
獨處。

伊利耶不對稱的教堂鐘樓。小說中的城鎮貢布雷也有類似的鐘樓，敘事者的外祖母說：「孩子們，你們儘管笑我。……如果它會彈琴的話，我相信它會彈真的。」（引自《在斯萬家那邊》第一卷）

變得仁慈、體諒，指示母親陪他度過剩下的夜晚。這裡出現了一個難以忘懷的場景，母親留在樓下陪客人而沒能親吻他道晚安，孤零零待在樓上的男孩在被遺棄的悲苦中幾近歇斯底里。因此，他最深切的熱情移往母親身上，他學會了情感勒索的第一課：鬧一陣脾氣的結果不是處罰而是重大勝利。在小說中，那一晚，他母親讀喬治‧桑（George Sand）的《棄兒弗朗沙》（*François le champi*）給他聽。（那剛好是一個年輕人最後娶了他養母的故事：聽在一個小孩的耳裡，「養」字根本不重要。）從此偉大的愛恨掙扎展開。那延遲不給的晚安親吻即是象徵，但是讀者可能會覺得那其實只是輕描淡寫，寫夏日夜晚早早上床的無聊，一個敏感或早熟的孩子聽著大人的歡笑聲，多麼希望自己也可以不用睡覺：他是世上唯一被排除在外的人，當他躺在床上或是透過樓梯扶手傾聽，他真的很希望自己可以整晚不睡。在早期寫

伊利耶的市場。

的《歡樂與時日》中，普魯斯特就描寫一個七歲的小男孩聽到母親為舞會打扮時的感覺——並且要求她早點回來，「因為他沒辦法忍受在他試著要睡覺的時候，有人竟然在準備赴宴，準備要出門」。注意這裡用的是「有人」；指的不一定是母親。那是一種永遠的妒忌。當一個小孩發誓等他長大「他」要整晚不睡，如果體會得夠深刻，這有可能是導致終生失眠的原因。

第一次氣喘發作

外叔祖父路易家的花園鐘不再響起——莫札特大道（Avenue Mozart）的建造早就使鐘聲停止。但是在小說中貢布雷的鐘聲是不朽的，就像大人們竊竊私語地談及一位不知名、迷人的「粉紅衣女士」（也許是

羅荷・海曼〔Laure Hayman〕，外叔祖父的情婦），聽在他小孩的耳朵裡一樣吸引人。同樣也是在奧特伊，他九歲時全家一起去那裡，在布隆尼森林散步時他嚇人的氣喘首度發病。就在樹下，在滿是有毒花粉的可愛花朵之間；或許是在家人的陪伴下遭逢突如其來的精神焦慮。從此他不再只是個羸弱的孩子，而是一個有特殊駭人病痛的孩子。

童年天堂伊利耶

當他的醫生父親阿德里安・普魯斯特可以設法離開巴黎，他們全家會到伊利耶的聖靈街（rue du Saint-Esprit）四號，馬賽爾的姑丈吉勒・阿米歐（Jules Amiot）家度假。伊利耶是位於夏特西南部廣闊的博斯（Beauce）平原附近的一個灰色砂岩集鎮，也是從巴黎前往聖地牙哥宮波史代拉（Santiago de Compostela）朝聖旅客的中繼站，現在聞名的扇貝形瑪德蓮蛋糕，其貝殼原型在西班牙北部加利西亞海邊處處可見，朝聖者會拾起貝殼藏在帽子裡。伊利耶提供給小馬賽爾的不只是瑪德

姑丈吉勒・阿米歐在伊利耶的休憩花園，名為「卡特隆綠地」──可能是小說中夏賀勒・斯萬在東崧維爾的花園原型。

阿米歐家在伊利耶的花園景觀。普魯斯特的臥室窗戶在左邊。

蓮蛋糕——還有鄉野間樂園般的景觀，未開化的青春，花園，兩條有名的家庭散步路線，長著山楂的梅黑格里斯（Méréglise，即小說裡的梅塞格里斯〔Méséglise〕）路線，以及羅爾（Loir）河岸往聖艾蒙（Saint-Eman，小說中的蓋爾芒特〔Guermantes〕）方向的水路。夏賀勒·斯萬在東崧維爾（Tansonville）的迷人花園，原型來自吉勒姑丈在伊利耶郊區的休憩花園，名為「卡特隆綠地」（Pré Catelan），呼應森林裡的草地，以中古時代遭到謀殺的抒情詩人卡特隆為名。這兩條童年時期真實的路線，實有象徵意義——斯萬的梅塞格里斯路線象徵愛與正面的歡樂；蓋爾芒特路線有神祕的水神以及生在隱密處的紫蘿蘭、蓮花，象徵墨洛溫王朝〔譯注：Merovingian，法蘭克王國第一個王朝的執政家族〕式的羅曼史與上流社會的高雅夢幻。

他的姑姑伊麗莎白（Elisabeth）是個病人，自己一個人住在樓上房

間，反諷的是，她與他父親同屬外向性格，卻爲小普魯斯特提供了第一幅憂鬱症的圖像，自願離群索居的神聖性。在她擺有檸檬木家具的房間裡有一個床頭櫃，抽屜裡面放著各種藥物與宗教書籍———一種普魯斯特在小說裡提及的混合物，「既是藥局也是祭壇……治胃病做晚禱兩相宜」，而他自己後來也弄了個床頭小几放藥和手稿。伊麗莎白姑姑也常常透過她的窗戶察看，除了萊姆茶和瑪德蓮蛋糕的神奇元素外，她應該也教給小男孩精準觀測的入門課程。生活在伊利耶這種城鎮，不管在當時還是現在，都會被偷窺、論斷。不像在義大利城鎮，

《提著澆花器的小女孩》（*Little Girl with a Watering-Can*），奧古斯特·雷諾瓦的作品（1876年），讓人想起普魯斯特在東㭠維爾對吉兒貝特的印象。

（前頁）伊利耶的阿米歐家另一個花園景觀。普魯斯特在想像中的貢布雷花園也有相似處，例如紫丁香樹，例如「被忽視的」土壤。

（上圖）《托維爾的海灘》（*Plage à Trouville*），克勞德‧莫內1870年代的作品。

（右圖）《午餐》（*Le Déjeuner*），克勞德‧莫內約繪於1873年的作品。

大家都往街上跑；法國北邊的鄉鎮則充滿遺世與清教徒的氣息，在伊利耶大家白天都躲在屋內，隔著窗子窺視。上街的人是有目的的：或是辦事，或是購物，而有些則是身穿藍色工作服的工人。這一切都被窗邊的眼睛記錄下來；包括陌生人，甚至是陌生狗在內，狗的出現會引起幽居的病人問個沒完。樓下還有另一個小孩感到好奇的地方，一個讓人喜愛、逗留的地方：愛奈絲汀（Ernestine）的廚房，許多小孩在家時都喜歡往裡頭跑——那裡有好玩的鍋子和味道，有蔬菜有生活，有時還有罕見的刺激，例如奇特的野蘆筍，又白又粗而且其中一頭是

《帶著大帽的翁麗葉特》（*Henriette in the Big Hat*），亨利·伊凡波1899年的作品。在她身上或許可以看到瑪麗·貝納達基（與普魯斯特在香榭麗舍大道花園玩耍的女孩）的淘氣。

淡紫色中帶點粉紅，就像龜頭，內含神祕的力量，吃下肚後小便出來，使「我的小房間裡充滿刺鼻的味道」。

　　粉紅是天堂的顏色，山楂花的粉紅色，神祕的粉紅衣女士，透過山楂花看到小女孩吉兒貝特（Gilberte）臉上的粉紅雀斑，甚至還有草莓的粉紅以及他姑丈吉勒「依殖民者經驗」調出來的粉紅奶油乾酪。但是粉紅色幻滅了：由於成長的痛苦，由於廚娘愛奈絲汀教他殘酷人性的第一課，殺雞的可怕與女僕心理上的折磨；同時，粉紅色也漸漸被學識的樂趣所遮蓋──駐堂神父啓發了他對字源學以及地名的興趣。而且很快地，等他再長大一點，開始在諾曼第海邊度假，他便發現兒時的花園與伊利耶已經成爲過去的一部分。

大約是1887年在貢多塞中學的普魯斯特（上排右），他於1888年離開。

（下圖）《貢多塞中學放學》（*The Exit of the Lycée Condorcet*），尚・貝何1903年的作品。

青澀歲月

　　不過仍有最後一座花園留下，那就是香榭麗舍大道（Champs-Elysées），小時候他從馬列爾布大道的住家被帶到那裡去玩，並在在

那裡遇見他青少年時期可人的愛戀對象瑪麗‧貝納達基（Marie Bénardaky），她難能可貴的身影供奉在小說家創造的角色吉兒貝特‧斯萬身上。普魯斯特現在是貢多塞中學（Lycée Condorcet）的學生，當我們讀他對這段青澀時期的細膩領會時，「你的學生時代是一生中最快樂的日子」這句話聽起來一點也不笨，因為那個階段不僅是成年責任降臨前最後的自由時光，同時也是最後純真與啟蒙的園地。在那之後，一切經驗都是二手的，重複的。儘管如此，那種天堂是可以再次尋獲的：不是在物質現實中，就像普魯斯特重返兒時長滿百合的河流，結果卻只看到令人失望的土流；而是在另一種現實裡，永遠存於記憶的薄片裡，最好的叫出方式不是藉由意識的想法而是偶發的感覺，味覺，嗅覺，觸覺，聽覺，某種許久前見過就一直忘不了的光的角度──從未真正完全停止存在的現實。

中學時期他適巧受教於一位廣受歡迎的名師達呂（M.-A. Darlu），研習哲學與形上學。能找到這麼意氣相投、仁慈和善的老師是一個青年難得的福氣。達呂的影響在《追憶似水年華》這部偉大小說中也有跡

「每天晚上我會衝到摩里斯（Moriss）
圓柱去看有什麼新戲要上演。」（引
自《在斯萬家那邊》第一卷）

（次頁）《凱旋門》（*L'Arc de Triomphe*），裘賽普‧尼提斯（Giuseppe De Nittis）所畫，畫出其中一條通往布隆尼森林與頗受歡迎的洋槐林蔭道的路，不少名妓在此漫步，尤其是雷歐妮‧克羅斯梅斯尼，給普魯斯特關於奧黛特‧克雷西這個交際花角色的靈感。

（次頁下圖）一幅史特勞斯夫人（Mme Straus）的肖像，出自艾里‧德洛內（Elie Delaunay）之筆（1878年）。她是第一批接待普魯斯特的沙龍女主人之一，也是他一輩子的朋友。

可循。同期修業的學生還有丹尼爾‧阿列維（Daniel Halévy）與賈克‧比才（Jacques Bizet），普魯斯特在他們所辦的學生雜誌裡寫過一篇文章，描述從馬列爾布大道上的窗戶所看到的月光，其中已經可見《追憶似水年華》縮小版的神奇特質。在這篇文章中，他首度看到十五歲的自己在臥房裡，厭倦了事物的平凡，燈光的一成不變，隔壁房間的杯盤碰撞聲，黑漆漆的夜空。喬治‧佩特（George Painter）在他的普魯斯特傳記中寫道：「然後他十七歲，那是現在，一切都變了：他窗戶底下的馬列爾布大道，『藍色月光從栗子樹上流洩』，還有『這些睡著的東西發出的清新、微寒氣息』，變成一幅夜景，像貢布雷的月光花園一樣精緻，而『平凡事物』不再可怕。『我使它們變得神聖，自然也是，因為我無法征服它們。我為它們覆上我的靈魂，用景象的內在光輝。』」

　　他在那個時候還看到了些什麼？巴黎街頭還有些什麼平凡事物可以使一個男孩的眼睛為之一亮？從小說中我們得知他滿心歡喜地跑到圓

準備運往紐約港的自由女神像，在古賽勒大道後面佛德列克‧巴朵迪家的院子進行施工（1883年）。

頂的廣告圓柱與鮮豔的書報涼亭去看最新的戲劇海報——也許是出自土魯斯－羅德列克或繆查（Mucha）之筆。當時幾個十字路口也因為新華勒斯（Wallace）人造噴泉點綴而增添明亮，噴泉水流在乳黃或灰色建物正面的襯托下閃爍銀光。如果小馬賽爾被帶到蒙梭公園玩，他會經過馬車站，以及身穿藍外套和紅長褲的士兵，公園裡則有今日在法國公園裡還找得到的棕色小鐵椅。如果在一八八〇年代他從公園被帶到古賽勒大道（Boulevard de Courcelles），他可能會看到突出在各屋頂之上的一座巨大雕像，一個舉著燈的戴冠女巨人——雕塑家巴朵迪（Bartholdi）正在準備要運往紐約的自由女神雕像。當時的夕陽看起來會特別具有魔力，神奇的綠色條紋穿梭在絢麗的金紅色裡——東印度克拉克托島（Krakatoa）的火山自一八八三年爆發後，火山塵影響歐洲上空大氣長達三年之久。距離他父母家幾門之隔，矗立著瑪耶伯爵（Comte de Maillé）夫婦位於馬列爾布大道三號的大宅院，它可能啟發小說敘事者關於蓋爾芒特位於巴黎住家的靈感。離開香榭麗舍大道花園與蒙梭公園，他散步到布隆尼森林與其受歡迎的洋槐林蔭道（Allée

(左圖)阿那托勒‧法朗斯,艾德加‧夏因(Edgar Chahine)蝕刻而成。法朗斯是普魯斯特第一位認識的知名作家,因此成為他筆下作家角色貝戈特的原型。

(右圖)賈克－艾米‧布朗許筆下的《亨利‧柏格森》(Henri Bergson)。柏格森是教時間持續性的教授,在索爾本大學教過普魯斯特。

des Acacias)。在優雅的人群中他特別注意到雷歐妮‧克羅斯梅斯尼(Léonie Closmesnil)這號人物,一個著名的交際花,駕著馬車或是走路散步;小說中的奧黛特‧克雷西(Odette de Crécy)應運而生。

開啓沙龍的大門

他的兩個同學,貝涅爾(Baignères)和比才,剛好是兩位主持沙龍的貴婦的兒子,到了一八八八年他十七歲時,他被引介進入她們的沙龍。史特勞斯夫人(Mme Straus),作曲家比才的遺孀,後來成為他一生的朋友。蓋爾芒特路線於是展開。

這只是部分的脊骨;肉體還很虛弱而且常常受傷──丹尼爾‧阿列維後來回憶道,「他讓我們覺得不愉快⋯⋯可憐、陰鬱的男孩,我們對他很兇」。年少的馬賽爾事實上情感豐富,有時卻被誤解成是憂鬱,諂媚,虛偽。同時,他在社交宴會中明顯表露出來的歡悅,以及過於精準的長篇寫作風格,使他獲得沙龍混混與半調子作家的封號。這種汙名附在他身上長達數年。

十八歲時,他在雅蒙‧卡亞維夫人(Mme Arman de Caillavet)的沙龍裡認識了阿那托勒‧法朗斯(Anatole France),由此衍生出貝戈特(Bergotte)這個作家角色:法朗斯外型令人失望,是一個生活不如預

期的例子，並輝映他酷愛的主題：抵達目的地不如旅遊過程有趣。在這個沙龍裡普魯斯特還認識了雅蒙夫人的兒子加斯東(Gaston)，當時他正在服兵役。他的軍營故事，還有即將施行的新法律——廢除一年自願役(如果你負擔得起制服和生計的話)並改行三年強制入伍，都吸引了普魯斯特。在舊法廢止之前，他加入奧雷昂(Orléans)的步兵隊。因此有了當兵的角色聖魯(Saint-Loup)以及位於唐西耶(Doncières)的兵營，也爲普魯斯特這麼一個不適合軍旅生活的年輕人帶來一年異常有趣的穿制服歲月。

普魯斯特在奧雷昂步兵隊裡。這張僧侶玩笑照片題辭送給了加斯東‧雅蒙‧卡亞維。

當兵到大學時期

有人認爲是年輕同儕的陪伴喚起他截至目前爲止潛伏的同性戀傾向。更奇怪的是突然的接納、全然的接納，竟出現在一個他原本應該會覺得可笑或是反感的地方：階級偏見繳械，學識偏見沈沒，在「我們同在一條船上」的基礎上出現了同袍情義——對許多以爲當兵會遇

卡堡的海濱風光（1900年左右）。卡
堡以及其海灘，化身為普魯斯特小說
中的巴爾貝克（Balbec）。

（次頁）朱利亞斯・史都華（Julius L.
Stewart）為羅荷・海曼畫的粉彩蠟筆
畫像（1882年），她是普魯斯特小說
裡「粉紅衣女子」的藍圖。

上麻煩和歧異的人來說，這是相當熟悉的舒慰感。他也幸運地碰上像
父親一般、體諒人的長官。他之後寫到那段快樂時光，「……愉悅一
直在我們身邊，因為我們沒時間到處找它，而一塊兒錯過它……」。
他甚至還要求再多待幾個月，但沒成功。後來他被問到軍旅生涯中什
麼事最值得驕傲，他以曖昧的幽默口吻回答：「我自願入伍」。可
惜，大兵普魯斯特在一個六十幾人的大班裡成績是倒數第二。

接下來他進入索爾本大學（Sorbonne）並受教於柏格森。亨利・柏格
森（Henri Bergson）的研究主題是時間的持續性而非時間的停頓與復
始，那也是普魯斯特的主題，一次非自主回憶的經驗讓他知道時間持
續性的本質。理論引導，身體力行：在信件和其他寫作中普魯斯特並
未強調柏格森對他本身理論的影響；但是這不代表什麼，作家總是不
太愛提自己受誰影響，甚至不自覺自己受到影響。然而柏格森出版於
一八九六年的《物質與記憶》（Matière et mémoire），詳細討論失語症
問題以及它與記憶和綿延時間的持續性之間的關連：難道日後普魯斯
特變成間歇性失語症患者是個巧合？是不是一種柏格森式的回憶暫時
阻礙語言功能？

普魯斯特與女性

珍娜・布桂，那位在網球照片裡坐在椅子上的女孩，是加斯東・雅

（左圖）亨利·傑爾維克斯（Henri Gervex）1880年展出的一幅作品，畫出歌劇院裡形形色色的窺視者。這就是在「蓋爾芒特家那邊」。

（右圖）《葛夫樂伯爵夫人》，菲利普·拉斯洛·隆波斯（Philip A. de László de Lombos，人稱拉斯洛〔Laszlo〕的熱門肖像畫家）繪於1909年。伯爵夫人被公認為是當時巴黎上流社會最美麗的女人。她是法國－比利時混血，有栗色頭髮，閃著黃光的黑眼睛——是普魯斯特的蓋爾芒特貴婦人物靈感來源之一。

蒙·卡亞維的未婚妻。或許正因為她已經名花有主，普魯斯特才會愛上她；隨這段情而來的是渴求的滋潤，以及吉兒貝特這個角色的另一個面向。在那伊（Neuilly）的午後網球時間裡他從不打球，而是跟女孩子們一起坐在「八卦角落」。這並沒有什麼娘娘腔的：許多有創造力的觀察家無法下場打球，無法一直注意一顆小球飛來飛去，反而比較喜歡打球的場景，歡樂，聲音，光與夏蔭的變化。同樣的這群人要求他在一齣業餘戲劇演出中，擔任丑角皮耶侯（Pierrot）：他蒼白的圓臉和又大又黑的眼睛是詮釋這角色的不二人選。況且他還有顆愛幻想、容易感動、頑固的心。

同樣在一八九一年，他二十歲這一年，他到卡堡和托維爾度假，布朗許幫他畫了有蘭花的那幅著名肖像。多天時他再度遇見羅荷·海曼，他外叔祖父的交際花情婦，身為奧黛特角色原型的粉紅衣女子。這位「公爵們的導師」具有知性美，收集薩克森（Saxe）小雕像，伶俐地稱呼對她有好感的小普魯斯特為「我的小陶瓷心理學家」。由此可看出他對社交圈的態度不只是探蜜而已，他觀察、質疑，腳上沾著花粉離開，這些生材料後來會開花結果，與記憶進行混合作用。有時他與羅荷·海曼的友誼被認為不只是精神上的——那是很久以前，而且

事關他人性生活的重要辭句，即使在現代，也得確實不苟地使用：「我不在那裡」。儘管如此，妒忌和浪漫的棋盤遊戲肯定熱烈登場——普魯斯特在珍娜‧布桂、羅荷、海曼以及聰穎、堅貞的史特勞斯夫人之間打轉。他也與文字調情，他第一次發表的作品出現在一八九二年的一本小雜誌《宴會》（Le Banquet）當中。裡面有雪維尼夫人（Mme de Chevigné）的人物速寫，讓她身穿白衣坐在歌劇院的包廂裡，就像多年後蓋爾芒特公爵夫人出現在小說知名的片段裡一樣。他愛上有張鷹臉的雪維尼，遠遠地，在街上逗留，渴望，最後被斥責。

他是在史特勞斯夫人的客廳裡遇見蓋爾芒特貴婦人的靈感來源——雪維尼伯爵夫人與葛夫樂伯爵夫人，並結識了優雅的夏賀勒‧哈斯（Charles Haas），此人是愛德華七世（Edward VII）與因覬覦法國王位而被放逐的巴黎伯爵（Comte de Paris）的朋友。哈斯雖是猶太人，卻是許多排外俱樂部的會員，他之所以受歡迎是因為他的內涵，他的魅力，以及他在普法戰爭時的英勇。此處——普魯斯特仍只有二十一歲——出現了夏賀勒‧斯萬的主要原型；再加上幾許來自愛挪揄嘲諷的艾彌兒‧史特勞斯以及擁有像「小冰柱」般翹鬍子的劇作家愛爾維爾（Hervieu）的色彩。這個闖綽階段中，普魯斯特在各種沙龍裡認識了

1888年左右的一幀花園留影，在最左邊的是夏賀勒‧哈斯。哈斯是普魯斯特筆下的夏賀勒‧斯萬的原型。坐在中間的是史特勞斯夫人，身後側著臉的是畫家寶加（Degas）。

(上圖)瑪德蓮・勒梅爾,沙龍女主持
人以及玫瑰畫家,身處她位於蒙梭公
園附近蒙梭街上的畫室。

(左圖)碧眼的瑪麗・菲納里的婚後玉
照。她也許是二十歲出頭的普魯斯特
最鍾愛的女性戀人。

詩人兼古怪矯飾者的羅貝爾·孟德斯鳩伯爵站在他家的圓形門廊外，他家是座落在麥尤大道（Boulevard Maillot）的繆斯閣（Le Pavillon des Muses），時約1904年。他是夏呂斯男爵的原型之一。

不少作家，像是吉勒·何納（Jules Renard），以及畫家，像是佛杭（Forain）；而現在，一八九二年，回憶跨入一個更豐富的階段──撲著厚粉，染髮，壯碩，瞪著人看的同性戀者杜桑男爵（Baron Doasan），普魯斯特在歐培農夫人位於阿斯托街（rue d'Astorg）的房子裡第一次見到他。杜桑的面貌和儀態完全符合小說敘述者在巴爾貝克劇場海報上首次看到的夏呂斯男爵（Baron de Charlus）；作家會把這樣的第一視覺印象保留到他介紹這個人物的其他特質之後，他的外貌特徵在心的螢幕上一直保持不變。夏呂斯的另一個原型孟德斯鳩，他的性格、態度比起外貌更是如此，因為孟德斯鳩的外型瘦骨嶙峋，他說自己是「穿著大衣的靈猩」。

　　一八九二年普魯斯特在托維爾遇見有雙碧眼的瑪麗·菲納里（Marie Finaly），無可救藥地墜入愛河，這一次年少、純真的愛情得到了回

應。「我愛妳眼裡發散的綠光」——這句波特萊爾（Baudelaire）式的情話在大樹間以及赴亨弗勒（Honfleur）的長途馬車行中沈吟，小說中的阿爾貝蒂娜（Albertine）即誕生自這段短暫的夏日戀曲。瑪麗・菲納里是他多年來最後一段與年輕女子的愛情；同樣地，對雪維尼夫人無結果的渴求也結束了他對中年母親角色的一連串亂倫癡想。現在他開始一系列對年輕男性的深情，卻又是柏拉圖式的友情。

普魯斯特與男性

　　第二年春天，他在玫瑰畫家勒梅爾夫人（Mme Lemaire）的畫室沙龍裡遇見當時三十八歲，令人敬畏的羅貝爾・孟德斯鳩伯爵（Comte Robert de Montesquiou）。伯爵是名門貴族，幾乎稱得上是靈活的社交高手；他是個聲名狼藉的唯美主義者與平庸詩人，而且以高談闊論的方式宣揚：「我在公爵的冠冕上加上光榮的詩人桂冠。」不過他依然有相當的銳智，只是容易流於惡毒。他高大，黑髮，塗抹脂，留著權威的鬍子，態度詭異地嘻笑啼叫，用高音咯咯笑，以戴著精緻手套的手遮掩他略黑的牙——做作至極。據說他跟女演員莎拉・貝納（Sarah Bernhardt）睡過，之後還吐了一星期。他是同性戀卻不濫交，這一點與夏呂斯的角色不同；他的情感主要都保留給他的秘書們，像是巴斯克人伊圖利（Yturri），他剛好是從夏呂斯更壯碩的原型杜桑男爵身邊偷來的。虛榮、傲慢、危險，這位華而不實的矯飾者讓社交界感到恐懼，但是又不失爲一種古怪的奇觀。普魯斯特刻意警戒著他，對他的奉承到了卑下的程度。

　　例如，在致孟德斯鳩的許多信件中，出現以下片段：

> 您的出現令人眼睛為之一亮，聲音如雷貫耳，形影為眾目焦點，刺激人去做更努力的思考，我不放棄任何向您的作品或是言談請益的機會，小心珍惜它在我回憶中照亮的火光。

或者是：

> 我相信您身上所保有的這份純粹的慷慨現已罕見——願意讓這位最具巧智的藝術家寫詩，寫出這麼縝密的詩，就算在最薄的法國哲學詩選集裡也絕對會有一席之地；既是瞬

息也是永恆之尊；最後也使我們無法預見您未來作品的走向，因為只要哪裡有自然的爆發，有源頭，有真正的精神生活，哪裡就有自由。

崇拜您的馬賽爾‧普魯斯特敬上

最後，孟德斯鳩介紹普魯斯特認識一些上流社會最高階層的人物，時間是一八九三年。

對號入座的問題

我們現在先暫停一下，來看看普魯斯特眾多朋友的名單，以及他們

《糕點鋪內部》（*The Interior of a pâtisserie*），尚‧貝何所繪（1889年）。畫中地點在香榭麗舍大道圓環（Rond-Point des Champs-Elysées）一帶，普魯斯特可能在這裡看到一些來來去去的不知名女子，後來把她們放進他的小說裡。

《1867年的皇街俱樂部》（*The Rue Royale Club in 1867*），詹姆斯·提索繪於1868年的作品。從陽台望出去是協和廣場（Place de la Concorde）。夏賀勒·哈斯，右手邊戴著灰色高帽、身穿愛德華王子式的側邊有摺縫長褲者，同在畫中的成員還包括加利菲、波里梁克等人。

對於小說角色成形的各種影響。現在關於普魯斯特的書非常多；其中不管學術性有多重，書裡面一定有一種迷亂，蒙上一陣由許多名字合法形成的濃霧，讓外行的讀者感到頭暈目眩，就好像在長篇俄國小說甚至是聖經中有一大堆名字一樣。普魯斯特至一九二二年才過世，有關他交遊情形的資料並不難取得；因為他常常寫信，而且生病歸生病，他的社交活動依舊活躍，他所認識的人大量增加，並且因為在小說中以異又同的世界裡衍生出來的人物而更形複雜，小說本身就是一個小世界。所以本書中盡量不多提人名：雖然還是有不少人名，但主要是為了舉例說明，有興趣詳知的讀者可以參閱其他寫得很完整的傳記，如喬治·佩特的兩大冊作品。

其次是這部小說是否為真人真事的問題。當被問到時，普魯斯特本人強調任何一個角色的形塑都是從他認識的八到十個真人所構成。要說哪一個角色就是哪一個人的話肯定是不完整的，尤其任何一個小說家都知道角色的形成也許來自某幅內心圖像，碰巧是他在公車上或酒吧裡瞥見的男女，可能連名字都不知道。不過既然普魯斯特的真正主角是他自己確實與感官的記憶，既然他在侷限的圈子裡活動，他小說中的人物通常都可以在現實生活中找到印證。至少有一回在一個非常

奇怪的片段裡，他幾乎直接提到其中一個角色原型的名字。那是在夏賀勒‧斯萬死後。在真實與虛幻的詭譎交織中，他對一個真實人物的幽靈說話：

> 但是，我親愛的夏賀勒──，我自幼就認識你，而你行將
> 就木，因為被你視為小笨蛋的他把你化成他書中的主角，
> 所以人們開始再度提及你，而你的名字也許會流傳下去。
> 如果在提索（Tissot）畫皇街俱樂部陽台的畫裡，你和加利
> 菲（Gallifet）、艾德蒙‧波里梁克（Edmond Polignac）與聖莫
> 利斯（Saint-Maurice）一起出現，人們總是注意到你，那是
> 因為他們知道斯萬這個角色裡有你的影子。

雖然沒有明確標示，這一段只可能是對那戴著灰色高帽的直立身影夏賀勒‧哈斯講的。同時，小說敘述者「馬賽爾」暫時變成馬賽爾‧普魯斯特自己；他在小心翼翼架設的鏡廳中所享有的匿名性頓時化為塑膠性質，他謹慎地全盤托出。

沙龍貴婦群像

為了協助辨識小說人物的來源，本書提供了一個簡短附錄。我們現在先仔細看幾個他認識的沙龍女主持人與貴族婦人。前兩個女人造就出不擇手段向上爬的維爾杜蘭夫人（Mme Verdurin）：她們是歐培農夫人以及瑪德蓮‧勒梅爾。歐培農夫人在一九○二年時已經六十七歲了，開朗、豐滿而且嗓門大，根據孟德斯鳩的說法，她「看起來像是坐在馬桶座上的波瑪黑皇后（Queen Pomaré）」。（波瑪黑皇后是以前統治大溪地的皇后，不過也是當時高級妓女的諢名。）歐培農夫人的晚宴經過嚴密規劃，談話主題會事先訂定，她甚至會搖小鈴命令某個正在說話的賓客安靜。曾經有過這麼一個人剛好被制止發言，當他被問及他原本想說什麼時，他說：「沒有關係──我只是想再來點豆子。」儘管如此，歐培農的嚴格仍有好處在；他們的聚會建立起高談闊論的作風，而且在她的客廳裡還提供革命性的戲劇演出，例如易卜生（Ibsen）的《娃娃屋》（The Doll's House）法國版首演。

瑪德蓮‧勒梅爾的沙龍在中產階級沙龍中最為熱鬧、擁擠，參與者包括許多小藝術家如風俗畫家尚‧貝何（Jean Bérand），還有許多上流階層人士坐著馬車前來，像逛動物園一樣，來看這些有潛力的新進藝

雅蝶翁·雪維尼伯爵夫人攝於1889年。普魯斯特有一陣子覺得她是他的藍眼快樂小鳥；她如鷹般的鼻子和機智，成為小說中蓋爾芒特公爵夫人的特質之一。

（次頁上圖）瑪德蓮·勒梅爾的鄉村別墅，黑維翁城堡（Château de Réveillon），位於巴黎附近的塞納馬恩（Seine-et-Marne）。普魯斯特從此地寄出像這樣的明信片；他在這裡聞到孟加拉玫瑰，讓他想起伊利耶。

（次頁下圖）瑪蒂德公主（Princesse Mathilde）在巴黎附近鄉間別墅的接待室，她是拿破崙一世的姪女，以她的文學沙龍聞名。

術家。設宴的大畫室面對著懸掛紫丁香的花園，白天勒梅爾夫人會在花園裡畫她廣受歡迎的玫瑰畫。她身材高大，頭戴假髮，塗抹胭脂，具有沙龍女主持人所必備的活力。她的星期二聚會，不像歐培農夫人的星期三聚會，其中有音樂獨奏會，設置了多排座位，給予藝術家安靜的空間。她在巴黎附近還有棟搭火車可以到的鄉間別墅，是小說中維爾杜蘭夫人在巴爾貝克附近雄偉別墅的原型。

　　雅蝶翁·雪維尼伯爵夫人（Comtesse Adhéaume de Chevigné）與伊麗莎白·葛夫樂伯爵夫人（Comtesse Elisabeth Greffulhe）是聖日耳曼的明星，上層階級裡的中年極品。雪維尼夫人是薩德〔譯注：Sade，1740-1814，法國情色文學作家〕的後代，住在米洛梅斯尼街（rue de Miromesnil），每天下午都會接待固定出席的一些顯要俱樂部成員，他們圍著聽她發表犀利的諧語警句，這個特色後來由蓋爾芒特公爵夫人繼承。她說話聲音刺耳、低沈（當時的迪翠許〔Dietrich〕、嘉寶〔Garbo〕？）並且用煙嘴抽黑色菸草香菸，所以發散出一種至今還為人所知的法國味道，再加上街上的馬糞與汗水味，苦艾酒，雪茄煙味，還有薄荷香水與來自俄國新麝香的濃厚味道。伯爵夫人有美麗的

948. LA FERTÉ-GAUCHER (S.-et-M.) Château de Reveillon
Tel qu'il fut reconstruit en 1617 par Pompée d'Aussienville

一個社交場合，時約1890年。

(下圖)波黑(Poiret)約於1910年設計的蝙蝠袖寬鬆上衣，由瑪里亞諾·佛度尼(Mariano Fortuny)所裝飾，這位加泰隆尼亞設計師啓發普魯斯特賦予小說中阿爾貝蒂娜的穿著。

藍眼，金髮，似鳥又似女神的尖鼻，以及薄薄的掠食嘴唇——也許不夠女性化，但是難以抗拒。她的衣著特別優雅，而且普魯斯特似乎是因爲她，才想到要讓被囚的阿爾貝蒂娜穿上加泰隆尼亞設計師佛度尼(Fortuny)的衣服。普魯斯特後來結識的艾蓮娜·西梅(Hélène de Chimay)與諾艾公主(Princesse de Noailles)兩位朋友，剛好又讓人想起獵鷹般的特質，哈洛德·尼克森(Harold Nicolson)並稱呼後者爲埃及象形文字裡的鷹女神。

伊麗莎白·葛夫樂伯爵夫人，當時的一個大美人，是孟德斯鳩的近親，喜歡淡紫色蘭花，這變成斯萬和奧黛特愛的信號：「我們來做個卡特麗亞蘭花(cattleya)吧？」她有些特質被分配給蓋爾芒特公爵夫人——比如她與她熱情的丈夫的關係，她與孟德斯鳩(化身爲夏呂斯)的近親關係，又如她清脆的笑聲，則被普魯斯特比喻成普呂日(Bruges)當地的排鐘一般。此外，這位栗髮、黑眼的美女也是擁有一半巴伐利亞血統的蓋爾芒特親王夫人的部分原型，親王夫人同樣喜歡以穿著來

炫耀，就像我們在歌劇院裡見到她一樣。除了美貌外，葛夫樂伯爵夫人應該也相當聰明，因爲看誰都不順眼的孟德斯鳩一直仰慕著她。

如此便窺得巴黎一八九〇年代的沙龍與女主持人的風采——一個沙龍，當然指的是有可以坐滿一個客廳的固定受邀賓客，在一天的不同時間裡出現，像是下午或晚間的接待，或是晚餐。值得注意的是直到一九一七、一八年，普魯斯特還在跟貴族的侍從研究入座與受邀程序：雖然他都經歷過，但他並非貴族階層，而大家都知道在那種圈子裡，誰換成和誰在一起這種事沒人會眨眼，衣服沒縫好、過於突出、或是一個動作，就可以讓急於出頭的人馬上摔下幾級階梯。另外對於想幫普魯斯特筆下人物對號入座的傳記家來說，這裡也有一個爭議；在探求真相的興趣驅使下，傳記家出於保險心態會使用真的樣本——雖被接受，但是他知道一經辯證他還是站不住腳的。再說，被上流階層邀請並不表示就能見到他們；即使有幸受邀，還得透過進一步的引薦，這些都具備了之後，還必須表現出你的機智或是價値。然而，普魯斯特堅持爬到最高的圈子裡——不過那個圈子並非如他所呈現得那般排外；上層階級一年不如一年。

描繪這些宴會的風俗畫並未完全掌握個中氣氛，畫家的構圖太常孤立掉人物。幾張僅存的照片更爲真實，擠滿人的宴會看起來很像今日的雞尾酒會，只不過當時比較少人抽菸，穿著比較正式。那個時代的

安娜·諾艾伯爵夫人（Comtesse Anna de Noailles），羅丹（Rodin）約於1906年製作的石膏像。

雷納多·漢恩。來自委内瑞拉的作曲家兼歌手；普魯斯特的愛人兼友人。

機智至今似乎還可以聽到。隨便舉個例子：關於一個丈夫的情婦，「擅長做情婦的小女人們」；或者，「每個人都說你笨，親愛的，但是我都說他們太誇張了」。那種諷刺的話是任何受過教育的人都能說的；當然了，在沖洗出來的照片上就看不出時間拿捏的重要、說話的技巧、現場人士的驚訝，以及一場聚會的熱鬧狀態了。

捨女人而就男人

二十二歲的普魯斯特已經愛過幾個遙不可及的女士，包括一個高級妓女，一個朋友的未婚妻，一個完美的中產階級沙龍女主持人，一個出身貴族的伯爵夫人，另外還有幾個唾手可得的女孩。而在他攀爬社會階梯之際，他也開始捨女人而就男人。究竟是什麼原因促成這項改變，我們不得而知；這可能是漸進的，從幾段柏拉圖式但占有慾強烈的友誼開始。現在，第一個大家知道的男性愛人登場了：雷納多·漢恩，來自委內瑞拉的十九歲作曲家兼歌手，蒼白，褐髮，英俊，有天賦，猶太人，蓄鬍。他的作品深受上流社會歡迎，當了普魯斯特兩年的情人。其中兩人到底有都少性愛、情愛的成分，同樣也只能猜測而

已：性交可以有閹割、禁慾或是以精神為主的特質——有人說普魯斯特是「陽剛的」，但也只是傳聞，只有可靠的信件才足以證明。當然也有人說他以前去過一、兩次異性戀妓院——其中一次在床上要求要好幾個熱水瓶和好幾床被子以保暖；另外還有更不確定的謠言，從未得到清楚證實，說他後來安排在他面前折磨老鼠，好滿足某種施虐－拜物的高潮（如果此事屬實，也許跟早先在伊利耶受到殺雞刺激而生的性幻想有關，然後轉變成佛洛伊德式對母親、兄弟、父親或是威權本身的報復）。但是這些以及他的性經驗都是屬於隱私的部分，應該歸他自己所有。

邁向文學

在這段社交年代裡，普魯斯特甚至可以參加那麼多沙龍，顯示他的

亨利・土魯斯－羅德列克1895年為《白色評論》畫的海報。模特兒是蜜西亞・賽特。

（前頁上圖）普魯斯特，後排中，在博可凡親王（Princes of Brancovan）位於埃維揚雷班（Evian-les-Bains）附近的別墅，在日內瓦湖上。

（前頁下圖）卡塔貝克辛（Katabexine），「一種治咳的有效良藥」，包括百日咳和氣喘。

普魯斯特作品《歡樂與時日》裡的一幅插圖，出自瑪德蓮・勒梅爾之手（1896年）。普魯斯特是左邊數來第三位。此書活潑而矯作，飾有勒梅爾畫的花朵與雷納多・漢恩寫的音樂。

（下圖）呂西安・都德，攝於1896年。他是阿勒封斯・都德（Alphonse Daudet）的兒子，也是普魯斯特的密友。

身體其實比後來要好。氣喘間斷發作，主要肇因於季節性的花粉熱，另外還有輕微的風溼和胃病。同時，他在《宴會》裡的文章繼續預示後來出現在小說裡的類似片段，而現在他也為《白色評論》（La Revue Blanche）撰文。至於索爾本大學，他在一八九三年取得法律學位，在一八九五年取得哲學學位。同年他父親要求他找一份正當工作，普魯斯特則希望棄法從文，結果他到馬扎林圖書館（Mazarine Library）做個領乾薪的館員。他因此得以自由自在地參加社交活動，到諾曼第度假，偶爾出國旅遊，探索文學世界，現在還進入所多瑪（Sodom）這個心照不宣的排外國度裡。一八九四年五月，普魯斯特參加孟德斯鳩在凡爾賽專為他的鋼琴家新歡雷翁・德拉佛斯（Léon Delafosse）舉辦的輝煌宴會，幾乎所有顯赫貴族都出席了，所以普魯斯特在一個晚上看到一般人眼中神聖、崇高、排外的貴族名流。他的寫作方向獲得確定。

SEM

決鬥

　　二十五歲這一年，家人之死降臨——外叔祖父路易·韋伊與外公納德·韋伊（Nathé Weil）過世。不過也有新生命到來，那就是他的第一本書，爲了呼應古希臘詩人埃西歐德（Hesiod）的《工作與時日》（*Works and Days*），取名《歡樂與時日》。這時嚴重的氣喘再度來襲，也許是因社會名流與肛交罪惡感而起：他的社交半吊子作風引起爭議，而在當時被人暗指爲同性戀可是奇恥大辱，足以挑起一場決鬥。就這一點來說，他的確在接下來的二月裡與記者尙·羅杭（Jean Lorrain）決鬥。羅杭可以批評這本有憂鬱的苦痛、勒梅爾的花飾、雷納多·漢恩的音樂與阿那托勒·法朗斯序文的書過於矯飾，但是他錯加入一段帶有偏見的人身攻擊，暗指普魯斯特與呂西安·都德（Lucien Daudet）有同性戀關係。所以這下我們有個公開的祕密；因爲羅杭是杜桑那種矮胖的反常者，自己出於罪惡感而最瞧不起娘娘腔；

（左圖）尚·羅杭，SEM的漫畫造型。普魯斯特二十五歲那年與羅杭決鬥過一次。羅杭的外型似乎和夏呂斯男爵有些相似。

（右圖）普魯斯特與羅杭決鬥的聲明。

決鬥·67

數百沙龍（Salon des Cent）的海報，出自厄建·格拉賽（Eugène Grasset）之手（1894年）。這個設計極能反映當時的氣氛。

而普魯斯特的確與雷納多·漢恩的後繼者呂西安·都德有段情，吉勒·何納說呂西安·都德「會從背心口袋裡掏出他那有些尖銳的聲音」。決鬥依慣例定在一個溼冷午後於莫東（Meudon）舉行。普魯斯特只害怕在他白天睡覺的時間裡決鬥。榮譽感滿足了，「馬賽爾勇敢、脆弱又迷人」，他的老同學羅貝爾·佛雷爾（Robert de Flers）如此說。沒有人受傷。

《尚·桑德伊》

然而，在這件事發生的兩年前另有一場未公開的戰鬥——他企圖以長篇作品滿足他的文學榮譽。《尚·桑德伊》開始了，而且到了一八九六年九月他已經準備好要開始與出版商洽談。這本小說跟《追憶似水年華》一樣具有自傳成分，不過重點不同：他抽掉母親不來吻他的情節，伊利耶的童年，草莓夏日的回憶，殺雞，學生時代——除了這些還有很多，再加上嚴重的手稿錯誤，例如有時把另一個虛構的鄉村稱為伊利耶，有時把尚當成「我」來寫。不過「兩個邊」的主題構想並不存在，更重要的是，普魯斯特對時間祕密的著迷已經深植心中。《尚·桑德伊》的寫作持續至一八九〇年代末期，但是他仍無法掌握時間與記憶之神祕：他自己也開始看出這部作品的貧瘠，最終承認其偉大的失敗。

病痛的影響

逃離這個明顯的死胡同後，出現了兩個完全不同而且出人意料的方向——英國散文家約翰·拉斯金（John Ruskin），以及被判罪的法國軍官阿勒菲德·德雷弗斯（Alfred Dreyfus）。不過他的社交生活依舊持續，伴隨著靜態的孤獨創作與幻想。任何一個童年長期患病的人都知道疾病會留下它善意的副作用，那就是獨自一人在房間床上觀察、品味、做夢的能力。外面的世界不見了，你只能眼睜睜地看著夕陽殘光在牆上緩緩移動，看著壁飾與壁紙的造型，所有時間的形態都極緩慢地經過。你永遠都有沈思、幻想的能力。成年疾病太過於自覺而無法教你這些；一旦在童年歷經過重要的離群索居階段，回憶就會讓你重新體驗這種神祕的感覺。所以普魯斯特在他飽受折磨但終有善果的病史中一直是那個臥病在床的孩子。我們甚至可以下個結論，除去悲劇的掩飾，他的神經質生命並非如此不快：他蒙受神恩，進行他深信不

《莎拉‧貝納》(*Sarah Bernhardt*)，
曼紐爾‧歐哈奇(Manuel Orazi)的作
品(介於1900到1903年)。除了一篇
關於「現代風格」的文章外，也可能
預告了普魯斯特在1909年對土司和
茶的重大發現。

疑的創作探險，並且與外在人性做絕無僅有的深刻接觸。

　　極端敏感有兩種效能：可以放大痛苦也可以放大歡樂——譬如，普
魯斯特可以說三色堇(唯一不會讓他氣喘發作的花)「聞起來像皮
膚」。在這方面還可以深談。但現在這些敏銳的感覺只在晚上有作
用，所以當晝伏夜出的習性控制住他後，他的感覺都蒙上回憶的色
彩。在馬列爾布大道他父母的公寓裡，他晚上待在覆蓋紅布的橢圓餐
桌旁，點著油燈，旁邊還有到春天還點燃的爐火。公寓的裝潢帶有第
二帝國的舒適與講究，就像那個時興盆栽棕櫚與覆蓋絨布畫架的時代
裡普魯斯特造訪過的許多房間一樣，不過同時也吹起一股現代風，而
他也一定看過藍拔(Lambert)或馬鳩黑雷(Majorellé)設計的房間，但
是他似乎都不很熟悉；他最接近的是艾米‧加雷(Emile Gallé)的作

（左圖）宴客時揮金若土的邦尼・卡斯特藍伯爵。

（右圖）卡斯特藍在玫瑰宮（Palais Rose）家中為洋槐節（Fête des Acacias）設宴的場景。

品，他的花瓶在技術上算是新的，卻有植物寫實主義的裝飾：普魯斯特雖然活在現代，總是偏愛過去。就像你很難在新開的美心餐廳看到他，卻可以在傳統豪華的拉許餐廳（Restaurant Larue）看到他。心理上的重大改變是這些年頭的氣氛——在世紀交替之際，有人感到寬心，有人充滿期待。這時關於心靈作用的研究也出現新論點：夏爾高〔譯注：Charcot，1825-1893，法國病理學家，神經病學奠基人之一〕的催眠實驗已經進行，佛洛伊德在維也納忙碌，普魯斯特一定也聽到許多他醫生父親與外科醫生弟弟羅貝爾對於這件事的討論。空氣中的確瀰漫著某樣東西——而且後來，在二十世紀的第一個十年裡當普魯斯特終於著手進行《追憶似水年華》，碰巧亞蘭－富尼耶（Alain-Fournier）

正在寫《高個兒摩爾恩》（*Le Grand Meaulnes*），裡面有許多場景充滿同樣的少年懵懂、對失落天堂的企求，就跟普魯斯特一模一樣。

　　一八九七年邦尼・卡斯特藍在森林裡舉行令人難忘的舞會，花費他美籍妻子三十萬法郎，雇請了歌劇院整個芭蕾舞團，安排了一大堆會飛的天鵝跟著煙火一起施放，以及八萬個威尼斯燈籠。普魯斯特也在場。普魯斯特自己這幾年也到處玩了不少，當然不像邦尼那麼揮霍無度，不過在他家裡的晚宴也夠奢華的。就像其他許多有錢人家的兒子一樣，他的財務狀況上下起伏。我們之前說過，他慷慨而且任意花錢。不過他也為錢與父母爭吵，還曾寫信給鐵路局的主管要求延長從布列塔尼回程票有效期十天。他寫給母親的信件裡常常提到小額支出，哪裡花了十法郎，哪裡花了四法郎，顯示他對這些小錢都極為注意。一天香檳，一天蘋果酒，這是他奉行多年的習慣，直到他父母死後都沒變。他知道錢越用越少，但是為了求得安靜仍會包下旅館整層樓。

《證券交易所》
（*The Stock Exchange*），艾德加・
竇加（Edgar Degas）約1879年的
作品。

L'ANTIJU...
FRANÇAIS ILLUSTRÉ
RÉDACTION ET ADMINISTRATION
56, Rue Rochechouart, PARIS
ORGANE DE LA LIGUE ANTISÉMITIQUE DE FRANCE
Journal Hebdomadaire
UNE BANDE D'ESCARPES

（上左）法國軍官阿勒菲德·德雷弗斯正要上囚車（1894年）；（上右）一幅反猶太畫報畫著法國象徵瑪麗安正保護她的國家抵抗外來敵人。她身後有喬治·克雷蒙梭（Georges Clemenceau）準備從背後捅她一刀。這些都是德雷弗斯爭議的一部分，並改變了法國的社會狀況。普魯斯特是德雷弗斯的支持者。

（下圖）雷翁德（C. Léandre）為刊物《笑》（Le Rire）畫的插圖（1899年）。意思是法國軍官華勒生·埃斯特哈奇（Walsin Esterhazy）被司法之手丟進人類濁流裡。

德雷弗斯事件

　　歷經一世紀的夜夜笙歌之後，德雷弗斯事件的爆發引起法國國內主
戰派與反戰派的對峙。該名軍官於一八九六年被流放到圭亞那外島監
獄；保守的軍事當局仍懷抱對普魯士的舊恨，迫不及待要挑起戰端，
即使整件事幾近可笑，卻也樂得公開他們雇用一名女傭，把德國軍事
專員的垃圾桶裡面裝的東西每天送交法國軍事當局檢查。但是在一八
九七年十一月的《費加洛報》(Le Figaro)上刊出了著名的埃斯特哈奇
(Esterhazy)備忘錄，整個重審的問題爆發出來。左拉(Zola)寫了《我
控訴》(J'accuse)一文，普魯斯特為第一份支持德雷弗斯的聲明收集
了三千個重要的藝術家、作家和教授的簽名。普魯斯特因為猶太人背
景與自由人文主義的信仰而採取這樣的立場，甘冒被他所著迷的社交
圈排斥的後果：騎士俱樂部(Jockey Club)和許多名流都是反德雷弗斯
的。然而，上流社會跟一般社會一樣很快地也出現意見分歧，而且像
滾雪球般越來越大。最後，整個事件失去原有的焦點，從針對一個可
憐軍官發出不平之鳴，變成一場大混戰，名流對上保守派，猶太人對
上反猶太者，俗人對上神職人員等等。《我控訴》寶石般的火焰變成

阿勒菲德‧德雷弗斯軍官復職(1906
年)。他還獲頒榮譽勳章，後來參與
第一次世界大戰，官拜陸軍中校；
1935年在巴黎逝世。

亞眠教堂（Cathedral of Amiems）南側門廊的鍍金聖母像。這座雕像啓發普魯斯特翻譯約翰・拉斯金的《亞眠的聖經》。

烏煙瘴氣的《我辯解》（*Je m'excuse*），直到一九〇六年獲得特赦的德雷弗斯恢復軍職後才告落幕。

拉斯金

普魯斯特情緒性地介入，但仍然可以客觀地觀察上流社會針對德雷弗斯事件的反應，他與顯貴的世界漸行漸遠：他們畢竟不是什麼家世淵遠的名門後代，而是一群更人云亦云、更容易犯錯的人。他繼續認識這群人，但不再懷抱著歡喜的心情，後來《追憶似水年華》裡對幻滅的描述即起源於此。同時他開始交新朋友，例如住在日內瓦附近的諾艾家族以及雷納多・漢恩的英國表親瑪麗・諾林格（Marie Nordlinger），她促使他對拉斯金的想法產生更大的興趣。他現在開始寫有關拉斯金與教堂的第一篇文章，很快又開始翻譯《亞眠的聖經》（*The Bible of Amiens*），以及後來的《芝麻與百合》（*Sesame and Lilies*）。他對拉斯金思想的掌握既迅速又憑本能，唯一缺憾是英文不好。但是瑪麗・諾林格和他的母親一同在語言上給予他協助。

旅行

新世紀即將到來，偉大、仁慈的阿勒封斯・都德於一八九七年死於梅毒，如此爲那個時代劃下極爲不祥的里程碑。普魯斯特自己則是病得更重，更加離群索居——不過他仍待在鄉間大房屋以及「豪華」的旅館裡。裝潢豪華的大旅館容易遭人譏笑，但是對這位富有創意的觀察者來說，住在那裡的生活可非一無是處，普魯斯特在那些世故的環境裡一樣可以產生幻想或是興味盎然。比方他在小說中提到，對一個尋找廚役的有錢老人來說，僕人宿舍具有神奇的吸引力：「他喜歡所有組成巴爾貝克旅館的走廊迷宮，私人辦公室，接待室，衣帽間，食櫥，以及大廳。他喜歡有東方風味的回教後宮式套房，他晚上出去時還可能被人看見偷偷在探索鄰地。」另外還有一段寫旅館電梯的精彩片段應該全部節錄下來，他描述操作員在按鈴時：

> ……像家養松鼠般敏捷地向下對我衝來，靈巧而又是籠中物。然後又沿著一根柱子往上滑，他載著我往這棟商業殿堂的圓頂升去。每一層樓，通道窄梯兩側，陰暗的遊廊成扇形展開，一個收拾房間的女僕抱著一個長枕頭從遊廊走

約翰·拉斯金的威尼斯康塔里尼－法頌宅院（Casa Contarini-Fasan）鉛筆水彩畫（1841年）。1900年，普魯斯特吸收了拉斯金的理念，造訪威尼斯。

過。黃昏的光線使她的面貌模糊，我把自己最狂熱的美麗夢想中的面具貼到她臉上，但是從她朝我看的眼神裡，我看到她對一文不值的我的厭惡。每一層唯一的廁所形成僅有的一排垂直的小窗，透過窗的光線照亮這個毫無詩意、半明半暗的地方，在永無止盡往上的過程中，為了打破我靜靜穿過這個神祕地方所產生的致命焦慮，我於是對那位年輕的管風琴演奏者，我旅程的設計師以及同我一起被俘的夥伴開口說話，他還是繼續操縱樂器。我為自己占這麼大地方，給他惹這麼多麻煩而向他道歉，問他我是否妨礙他練習這門藝術，為了吹捧表演者，我不僅表現好奇，還坦承自己十分喜歡。但是他沒回答，可能是因為對我的話感到訝異，專注於他所做的事，一心想著傳統手法，或是

他耳背，對聖地表現出敬重，害怕危險，理解得慢，或是因為經理的命令。

一九○○年普魯斯特跟母親去威尼斯和帕多瓦，途經杜林（Turin），旅途漫長，因爲離辛普朗隧道（Simplon Tunnel）建好還有六年。在小說裡，敘事者和他的母親聊著一椿即將來臨的婚事，如此令人疲倦的旅行似乎一閃而逝：奇怪的是普魯斯特這麼喜歡火車，卻未對這趟搭蒸汽火車的大跨國旅行描述個一言半語，車上他裹著毯子以防冷風，深受腳爐和噪音之苦，一定覺得很不方便；但是他一定用很多麻醉藥來對抗這些不舒服。而在「小火車」上的旅程則不然，尤其是在日內瓦附近的托農（Thonon）當地火車，他愛其如抒情詩般的蜿蜒，在他的描述下釋出溫柔的懷舊氣氛，那是自英國的約翰·貝杰曼爵士〔譯注：Sir John Betjeman，1906-1984，英國作家，以輕快的散文詩聞名〕以來難得一見的。

但是威尼斯——一旦到了那裡，普魯斯特很高興首度來到這個特殊的南部城市。在他高明的描繪中，有一個印象特別強烈，那就是威尼斯立刻讓敘述者想起童年時的貢布雷。就在他到訪的第一個早上，當百葉窗拉開時，他首度見識到南方陽光令人目眩的威力。他的眼睛沒有注視被太陽曬黑的聖伊萊爾（Saint-Hilaire）石板瓦，而是坎帕尼爾

皇街以及馬德蓮廣場（Place de la Madeleine）。普魯斯特經常光顧韋伯咖啡與左手邊的拉許餐廳。

（Campanile）的黃金天使。「在燦爛的光芒下，幾乎無法固定視線，它對著我展開翅膀，半小時後，當我該去皮亞切塔（Piazzetta）時，出現了好人心中前所未有的喜悅。」他在炎熱的氣候中發現越來越多呼應貢布雷的東西——而在字裡行間，因為這些都未曾明說，讀者可能會懷疑真的重回每個人心中那段充滿陽光、難以忘懷的童年黃金時期。南方的陽光，如此燦爛奪目，如此靜止，如此炎熱，如此缺乏動作或明暗，其作用正如記憶中永恆的陽光一般。童年的時光歷歷在目。沒有雲可以使其黯淡無光。「等我走進室內……從外面的暖空氣走進來，我真的重獲那種許久以前在貢布雷熟悉的涼爽感覺……。」唯有南方的太陽可以召喚一個北方國家的熱浪，特別是很久以前遺落在童年裡的那段黃金夏日。

（左圖）艾曼紐艾拉·畢貝斯科親王（Prince Emmanuel Bibesco）的雕飾。（右圖）安東尼·畢貝斯科親王（Prince Antoine Bibesco）。這兩位羅馬尼亞貴族，多金又具有美學天分，是普魯斯特於世紀交替之際結交的友人。

結識青年貴族

回到巴黎，他展開光顧皇街（rue Royale）上的韋伯咖啡（Café

Weber)與拉許餐廳的日子。除了文學朋友,他開始與年輕貴族建立柏拉圖式的友誼,如路易‧阿勒布菲哈(Louis d'Albuféra),嘉布艾‧何許傅柯(Gabriel de La Rochefoucauld)),貝爾東‧費內龍(Bertrand de Fénelon),安東尼‧畢貝斯科(Antoine Bibesco),喬治‧羅西(Georges de Lauris),阿蒙‧吉胥(Armand de Guiche)。其中像貝爾東‧費內龍伯爵與羅馬尼亞的安東尼‧畢貝斯科親王,是在外交領域工作。他們個個交遊廣闊而多金,除此之外,他們和普魯斯特一樣熱愛文學與藝術,與他同遊巴黎附近開車可到的教堂與其他建築;而且選擇這些有學識、有品味的朋友,顯示他在上流社會打混並非毫無智識上的突破。再者,這群巴黎黃金青年合併成小說中聖魯的角色,主要原型是費內龍。路易‧阿勒布菲哈是女演員路易莎‧莫荷儂(Louisa de Mornand)的情人,普魯斯特與她建立起特別親密的友誼,有證據顯示他與她可能有某種肉體關係。聖魯的情婦哈雪兒(Rachel)這個角色可能來自於她,阿爾貝蒂娜身上或許也看得到她的影子。

父母過世

一九〇〇年,當戴高樂廣場上的新地鐵為了標示大博覽會的舉辦,樹立起新藝術風格的銅綠飾邊入口,普魯斯特一家搬到古賽勒街上較大的公寓裡,為迫近的死亡提供較寬敞的場所。普魯斯特的父親於一九〇三年去世;《亞眠的聖經》於一九〇四年出版,並未受到媒體注意。然後在一九〇五年,占有慾強而且長久受苦的寡母終於也跟著辭世。隨後普魯斯特的第一個動作是住進一所神經病患者療養院,這是他首次採取這種措施。

父親之死,尤其又是個教授兼醫生的偉大人物,使得伊底帕斯情結失去一項重要成分:即使你不相信這套以性為基礎的妒忌心理,這個象徵權威的父親形象,這個握有最終否決權的人物還是走了。留下的是解脫與空虛的矛盾感覺。喪母對普魯斯特來說是更深的傷口,對他的性情、作品與生活都有重大影響。這兩人關係向來很親。普魯斯特夫人無微不至地照顧生病的兒子。多年來她跑腿,守門,吩咐家裡不要吵到病人休息。普魯斯特與她糾纏在一種古典的愛恨交織關係裡,並在其中占得上風。只要她的自我犧牲程度略降,他就會抱怨。爭執隨之而來,但那種爭執不是要糾正什麼,純粹只是要互相傷害,無止盡地沈溺在折磨對方的莫名快感中。他們之間也不是沒有深刻和正面的愛——兩種極端並行不悖。究竟是不是像有人所說的,普魯斯特把

(前頁)1901年的路易莎‧莫荷儂。她是演員,也是普魯斯特友人路易‧阿勒布菲哈侯爵的情婦;她也很可能是普魯斯特自己的密友與靈感來源。

他母親累死，仍有待商榷；許多刻苦耐勞的母親最後死於自身的疾病。但是普魯斯特認爲是他害死她。這點反映在他一篇關於弒親不孝的文章（收在《擬作與雜記》〔*Pastiches et mélanges*〕）裡，相當清楚地道出他的罪惡感。這篇文章原是給《費加洛報》的，寫一個叫亨利·布拉宏貝吉（Henri van Blarenberghe）的人弒母然後自殺的事件。殺人和自殺的殘酷細節皆相當駭人：普魯斯特的目的是讓大家知道，你日復一日，年復一年地讓慈母操心，其實就是在謀殺母親，只不過程度沒那麼暴力，但方向是一致的。如果人們可以看出他們所造成的崩潰，如果人們可以像眼見母親流血致死的布拉宏貝吉一樣瞬間明白自己的行爲，大家一個個也都會自盡謝罪。

儘管他陷入悲傷，擺在眼前的情況是他終於可以更開放地書寫他的家庭與同性戀；不必再擔心會傷害到誰。（弟弟羅貝爾除外，在小說裡他乾脆被刪掉。）他很快離開索利耶醫生（Dr Sollier）的療養院，只待了六個星期；他的聰明讓醫生拿他沒辦法，而且他太喜歡他患的疾病。一個神經質的作家討厭擁有自己的性格，他會以爲那是他藝術的泉源，加以玩弄，不管自己的情況多麼慘。從一九〇五年春天寫給史特勞斯夫人的信中可以看出他的狀況甚至比他母親死前還要慘：

我被孟德斯鳩的信給折磨死了。每次他舉辦讀書會或宴會

卡堡大飯店（Grand Hôtel）。圖中的汽車老舊而可靠；但是更新、更快的款式陸續出現。

240 — CABOURG. L'Eutrèe du Grand-Hôtel. ND Phot.

等等，他都「拒絕」承認我生病的事實，之前還有伊圖利的召喚、威脅與拜訪，他把我吵醒，然後，因為還沒走而有責罵。我相信若沒有這些「其他人」我還有好轉的機會。但是他們對你造成的精疲力竭，你無法讓他們理解你的病痛——有時會病上一個月——他們不知何謂樂極生悲：等在後頭的可是死亡。

搬家

一九〇六年他放棄父母在古賽勒街的公寓，八月到十二月都待在凡爾賽，最後搬到歐斯曼大道一〇二號，一棟部分歸親戚所有的房子。在凡爾賽時，他住在黑瑟瓦旅館（Hôtel des Réservoirs）一間很高、有掛毯的大房間裡，比較適合當成古蹟參觀而不是住宿。但是他真的睡在裡面，而且實際上在那五個月裡很少離開房間，錯過欣賞皇宮、大小特雅農（Trianon）城堡以及公園裡秋景的機會。這又是一次自願的囚禁，不過有朋友來訪足以撫慰，並在弟弟與友人的幫助下，遙控安排搬到歐斯曼大道的事情。凡爾賽對他的作品所知不多，但是這座有守備部隊駐防的城市裡的聲聲色色，或許後來成就了小說裡他對唐西耶一地的描述。

阿勒菲德・阿戈斯提奈利，普魯斯特於1907年在卡堡雇用的司機。

（左圖）1908年的迪耶普巡迴賽（The Dieppe Circuit）。熱切的年輕技師如阿戈斯提奈利等，帶領法國快速超越其他汽車國家。

艾哈尼（Eragny）的風景，卡密·畢沙荷繪於1895年。當普魯斯特坐車經過加昂移動的尖塔，他想起熟悉的景象——一段神祕的尖塔經驗，在他的小說裡化為馬當維爾插曲。

與男僕共度之生涯

到了一九〇七年，他的悲傷因為新形式的自由而獲得紓解——這一次，靠的是幾篇出版的文章，以及比較輕浮的，到異性戀妓院進行探索之旅（千萬要記住，法國人上妓院就像英國人上俱樂部一樣——為了逃離家庭生活的一成不變，在歡樂的氣氛下喝酒聊天）。同樣在這一年，他有了新的兼職秘書羅貝爾·烏勒里奇（Robert Ulrich），從此展開與年輕同性戀男僕共度之生活；這些男僕被普魯斯特養在他居住的地方，看在訪客眼中是半躲在陰暗處的無聲囚犯。他八月時重遊卡堡，在那裡建立了小說中的海景印象，同時邂逅了司機阿勒菲德·阿戈斯提奈利（Alfred Agostinelli）。

《伊芳‧樂霍勒小姐》(*Mlle Yvonne Lerolle*)，莫利斯‧丹尼斯(Maurice Denis)1897年的作品。三種姿態的習作，顯示沒有人是固定不變的或是可以理解的。這是普魯斯特最喜歡的主題。

　　他與這位英俊的年輕技師共乘了好幾星期。載著頭盔身穿披風的阿戈斯提奈利活像個「迅雷修女」，踩在踏板上的聖瑟西利雅（St Cecilia）。普魯斯特覺得自己過著有如「射出砲彈的生活」。他立刻愛上汽車，因為身為病人的他極能感受車子提供的便利（剛好不用再忍受會讓人氣喘發作的馬），當然也因為它帶來一群貌美、年輕的「技工」。一九○七年的一趟旅行途中他看到加昂（Caen）移動的尖塔，後來喚出小說敘述者的馬當維爾（Martinville）尖塔。在小說裡，童年時期開車去貢布雷，敘述者很驚喜地發現三座遙遠的尖塔隨著路的蜿蜒而改變位置和外貌。大部分的旅遊者都覺得莫名的熟悉，尖塔似乎是會動的，充滿奇異的舞蹈生命，保有某種無法解釋的誘人神祕。但是這一景色足以說明物體不一定是乏味的，反而都有自己的生命，視觀

（左圖）聖羅（Saint-Lô）的聖母院，約翰‧拉斯金所畫（1848年）。

（右圖）《盧昂大教堂的西面》（West façade of Rouen Cathedral），克勞德‧莫內的作品（1894年）。普魯斯特曾多次參觀這座有名建築。

者的眼睛而改變。此處的重點在於空間而非時間，不過車子的速度也與時間有關。總之，刺激因素是變化。這也許提醒了普魯斯特在小說中使用同樣的技巧，讓他的人物改變態度和本質——不僅因為時間流逝，也因為他們內心裡潛藏著對變化的追求。沒有一件事、一個人是固定不變的或是可以理解的。

後來在一九一二年，在一封致安東尼‧畢貝斯科的信裡，他提到同樣類型的經驗，將人物置於時間、空間的流逝中：

> 就像一個城市，當火車蜿蜒前進時，它本來在我們右邊，然後變成在左邊，所以小說人物也要有變化，好讓這個人物看似有連續性，有不同的性格變化——唯有如此——才能寫出物換星移的感覺。這樣的人物後來會讓我們看到他不同於現在，不同於我們對他的印象，這的確是人生裡常有的現象。

有了這種對馬當維爾尖塔的觀感，年輕的敘述者也首次體驗到這些神

祕所產生的藝術力量：他寫了篇文章闡述，而且馬上獲得解放。

《駁聖勃夫》

介於現在到一九〇九年中旬，普魯斯特還進行其他遠征——最後一次迂迴進行《追憶似水年華》的真正起頭寫作。不過結果都不盡如人意；他開始寫一些半評論、半自傳的好文章，數年後以《駁聖勃夫》（Contre Saint-Beuve）之名出版（前提是你不能以作者的外在人格和生活來評定作者，必須尋找更深一層的感覺，直覺比智識來得更重要）；還有一系列模仿多位名家的擬作，如福樓拜（Flaubert）和何農（Renan），洋洋灑灑，唯妙唯肖，極盡諷刺幽默之能事，也為後來《追憶似水年華》的苦樂參半定下基調。同時間在柏林發生厄能堡同性戀事件：親法的和平主義者菲利普·厄能堡王子（Prince Philip von Eulenburg），也是庫諾·莫凱將軍（General Cuno von Moltke）與奧國皇帝的密友，被指控為同性戀，政治前途被毀。這些喧騰一時的「所多瑪狂歡」（Sodom-on-Spree）事件進一步刺激普魯斯特對這一群「受詛族類」的興趣，最後產生《追憶似水年華》裡關於所多瑪的章節〔譯注：即《所多瑪和蛾摩拉》。據《聖經·創世記》記述，所多瑪與蛾摩拉兩座平原之城因罪惡甚重而毀於天火，所多瑪的男人尤其以同性戀行為而為人詬病。〕。

頓悟

一九〇九年新年期間的某一天，人家給了他一杯茶和一點土司。土司沾了茶——瞬間出現驚人的影像：他憶起童年，當他在奧特伊與外祖父一同品嚐類似的東西，一切歷歷在目，令人又驚又喜——或者應該說，那段神祕已經結束，那段記憶的神祕終於被「頓悟」。每個人一生中都會受到這種「頓悟」的影響。我們通常都在做習慣性的接收，接收人家告訴我們的事情，接受約定俗成的理論和想法——但是突然有一天，在精神格外平靜或高亢的情況下，在某個時間的暫停中，就像颱風中心平靜的颱風眼一樣，我們突然看見眼前非常清楚地出現某種動作或是一系列的物件，完全意想不到，從未出現過的畫面。這瞬間的視覺是由不自主回憶所造成，不自主回憶不是經由心理過程而產生的記憶，而是透過比較深刻的感覺本身。這些感覺重新去完整地體驗一件事，與習慣和所有智力推理無關。那可以是一段悲傷

的戀情，一個風景，貧窮，房間一隅，一隻靴子。這一刻對大多數人可以是強烈的，但因為沒什麼實際用處就任它過去。對偉大的畫家和詩人來說，這一刻卻是無價的——他們會盡可能地反其道而行，留下這感官奇蹟。因此畫一隻靴子的想法可能很普通——而在畫單一簡單物件的畫作中，如杜賀(Dürer)的《祈禱的手》(*Praying Hands*)，葛飾北齋的《海浪》(*Wave*)，梵谷在阿爾勒(Arles)平凡而無盡的椅子，我們突然看到了崇高。這不僅是技巧的結果，不僅是意志的結果——裡面還有一種超越作品本身的東西。那是一種難以用文字表達的視覺。我所知道最明確但仍然模糊的定義是來自一位道教老師，他出門旅行多年，回來時問他看到了些什麼，他回答：「我走到哪裡，都看到了那東西」。

不自主回憶

所以在他三十九歲那年，普魯斯特受到了那東西的瞬間啓發，對於在他整個寫作生涯中不斷催迫他的記憶終於茅塞頓開，從此照亮他接下來苦樂交加的十三年創作時間，直到死亡為止。簡單的茶和土司在瞬間喚回他整個童年無盡的回憶，就像一個快淹死的人在臨死前會看到過去一生的快轉片段。對普魯斯特來說，這確立了不自主回憶才是真實的回憶。

自從學生時期，可能更早，奇妙的回憶樂趣就迷惑著他。他懷疑時間並非真的流逝；另外還有重複的問題如幻想的價值高於現實，整個藝術的本質，一種高於生計的生活產品。在偶然的一個多天日子裡，他感知到答案。「感知」一詞底下必須劃上好幾條線。因為他以前就經歷過這種感覺，就像我們許多人一樣；許多作家如夏多布里昂(Chateaubriand)，耐華爾(Nerval)，威奇·科林斯(Wilkie Collins)，丹麥人拉森(J.A.Larsen)，也都曾在過往的細節中留下記錄。只不過——對普魯斯特來說，那種感覺沒有流逝。對他而言那永遠是一切的關鍵。那一刻是他絕對洞察的一刻。他將之捕捉下來。《追憶似水年華》的寫作方式終於底定。對其他作家，有其他的主題；對普魯斯特，這是一生追尋的終點。

許多故事的成分早已存在：有些片段已經打過好幾次草稿，甚至有四、五次之多。例如他母親拒絕上樓吻他道晚安，或是更早之前的海邊回憶，顯然都是在他心裡縈繞不去的事例——難以解釋卻又具有神祕、強大的力量；只要看起來像是「昨天的」梔子花，他就像隻牛頭

犬一樣緊咬不放。但是，這種主題已經變成炒冷飯，沒有發揮空間，只是更加驗證慾求永遠無法壓足的悲觀。現在可不同了。沒有一件事是無意義的。一切都保存在記憶中：不是等你隨意召喚，卻是不自主地出現。我們所有的感覺只要加以適當栽培，就有可能回到過去的黃金時刻；那些時刻從未流逝，因為它們一直活在我們心裡，現在由於習慣與日常生活的壓迫去除了，使得它們更完美、更純潔、更清楚地呈現。普魯斯特寫得好：「真正的天堂是我們失落的天堂」——意思當然是我們從未失落，只是暫時忽視罷了。

因此，他找到使他的故事——他的故事大部分與他自己的生活平行——呈現正面的方法。人性總是希望在無意義的人生中找到正面的解釋。同樣地，自作多情的戲迷也希望看到快樂的結局。所以，且不論此書的一些初始面貌，且不論此書花了許多篇幅在講人性的弱點——《追憶似水年華》仍是一本令人心滿意足的書。

《追憶似水年華》

一九○九年七月初，普魯斯特六十個小時沒睡，電燈沒關掉過：看來縱身投入的時刻似乎到了。當代散文《駁聖勃夫》也在此時告一段落。同一年的早些時候，他不確定是否可以在小說中使用「蓋爾芒特」這個名字。六月時他寫信給孟德斯鳩告知他已經著手寫一部長篇作

一幅名為《回憶》（Memories）的蠟筆畫，費南·克諾夫（Fernand Khnopff）的作品（1889年）。畫中人物就像在卡堡吸引普魯斯特的少女們，不但年輕、有活力，在小說中也會暫時靜止成造型人物，因為普魯斯特渴望把過往的時光重現。

（下圖）菲力克斯‧馬友勒（Félix Mayol），機靈、女性化的歌手，普魯斯特常去聽他的演唱會，頗為著迷，時約1911年。

品，「一種小說」。八月時他從卡堡寫信給史特勞斯夫人：「我才剛開始——而且完成了——一整部長篇作品。」這是關於這部神祕作品完成的初次記載。他的卡堡之行拖到八月的第三個星期才成行（因為工作過度而感到疲倦？）；到了海邊後他避開海邊活動，徹夜工作到天光大亮，睡到天黑晚餐時間才起床現身在眾人面前。當時與他為伴的眾人帶著一些神祕色彩：其中肯定不乏賭場裡的年輕男人，但是當然也有年輕女人，事實上是成年女孩，他送她們昂貴的禮物，並且體貼作伴。幾個月前他向一個朋友吐露他對年輕女孩的感覺——「好像人生還不夠複雜似的」。此外，他還強烈暗示他與某位不知名女士曾有婚約。也許這些新的發展最終確認了他的雙性戀傾向；或者是他想正常化，為人所接納；或是，他還是那隻在梔子花裡頭的牛頭犬——寫作中的作者到處去嗅他的原料，這一次的主角是後來小說中的阿爾貝蒂娜以及她身邊一群女性友人。

單獨回到巴黎後，他向許多朋友告假，重新閉關寫作。寫作的速度——他的情況是以重寫居多——則屬未定；但是那一年至少貢布雷的章節已經完成。他的孤立持續到下一年，塞納河更造成進一步的孤絕，一月的大氾濫水位達到他歐斯曼大道的家門階。從小地方可以看出作家如何專心於寫作——跟其他許多作家一樣，他的飲食非常固

1910年塞納河氾濫。這是河流附近的大奧古斯丁堤岸（Quai des Grands-Auguatins）；但是水一直淹到對岸普魯斯特住的歐斯曼大道上，使他的生活更加孤立。

雷翁‧巴克斯特（Léon Bakst）1910年的設計。巴克斯特為俄國芭蕾提供了許多設計，影響了流行女裝、巴黎與普魯斯特。

法斯拉夫‧尼金斯基（Vaslav Nijinsky）與伊達‧魯賓斯坦（Ida Rubinstein）演出芭蕾舞《一千零一夜》，喬治‧巴比耶繪於1911年。

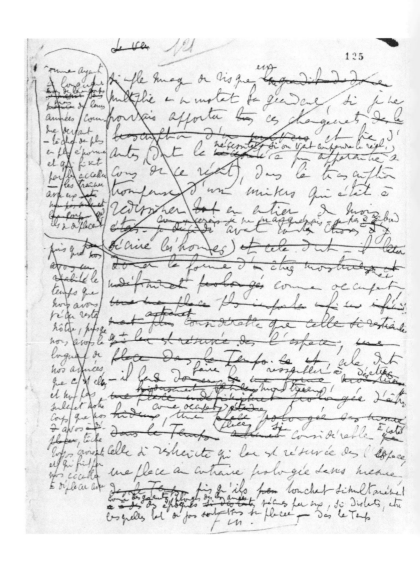

《追憶似水年華》最後一頁的手稿，普魯斯特寫完「時間」一詞後，加上「完」一字。

定，每天都吃一樣的東西。另一個多年的習慣是他喝很多很濃的純咖啡。一九一〇年俄國芭蕾進駐巴黎，吸引他出門。然後他又去了一趟卡堡，再寫一點書，同時在巴黎的家他決定在牆上加裝有隔音作用的軟木貼板：這並不特殊，別人家也有裝，不過比起當時所知的其他隔音措施，例如加了檯面呢的書房門或為了防止碗盤噪音而加上檯面呢的廚房門，軟木貼板要有效得多了。

到了一九一一年他已經有八百頁等著出版。此時他曾出現在幾個場合裡——在阿南奇歐（d'Annunzio）的新演出上，或是在輕鬆的菲力克斯·馬友勒（Félix Mayol）演唱會上，或是瞠目結舌地參加一場巴黎大型舞會，或是在卡堡的高爾夫俱樂部舞會上，或是穿著紫色絲絨披風

《四月》(*April*),厄建·格拉賽的作品(1896年)。這份月曆插圖反映出普魯斯特對少女與花的感覺,再搭配他童年時過復活節以及在伊利耶神祕河畔散步的回憶。

蒼白地在路上閒蕩。但大部分時間他都在寫作。一般認為《在斯萬家那邊》(*Du côté de chez Swann*,英譯*Swann's Way*)和《重現的時光》(*Le Temps retrouvé*,英譯*Time Regained*)都是在這幾年之中完成,另外還有《在少女們身旁》(*A l'ombre des jeunes filles en fleurs*,英譯*Within a Budding Grove*)比較簡短的版本。於是開頭和結尾優先,整部鉅著就交給記憶的時間——以及真實的時間——去控制了。

接下來是漫長而複雜的出版商洽談階段。普魯斯特一開始是四處碰壁,因為他的作品缺乏情節和動作,而出版商仍受制於前一世紀對小說的概念,也就是要有敘事情節:意識流時代尚未來臨。在法國要出書得仰賴商業契機、外交手段與朋友推薦等條件,這些都講求天時地利人和。小說後來被法斯蓋爾(Fasquelle)與安德烈·紀德(André Gide)的新法蘭西評論社(Nouvelle Revue Française)兩個出版社拒絕。普魯斯特以往打滾沙龍的名流形象對他不利;他被視為業餘作家,而且事實上新法蘭西評論社幾乎沒看他的打字稿,日後紀德曾為此深深自責。接著第三個出版商奧朗多夫(Ollendorff)也拒絕此書,他說無法理解為何作者要花三十頁來描寫入睡前在床上輾轉難眠的情形。一切只好從頭來過。最後普魯斯特答應支付出版費用,所以格拉賽

（Grasset）同意出版。（後來，格拉賽坦承他根本沒看手稿！）一九一三年十一月《在斯萬家那邊》出版。

阿戈斯提奈利

洽談出版事宜的同時他墜入了愛河。這幾年來刻骨銘心的愛情因為喪母與小說創作而昇華；現在，這兩件耗費心神的事都剛好告一段落，他一九○七年在卡堡的前任司機阿勒菲德·阿戈斯提奈利出現在他家門口要求一個工作。普魯斯特已經有司機了，卻突然深深感動而讓阿戈斯提奈利擔任他的秘書。阿戈斯提奈利告訴他他已經結婚了，結果他與他的妻子（普魯斯特從未喜歡過她）被邀請搬進歐斯曼大道一○二號，立即埋下不快樂的種子。阿戈斯提奈利是義大利裔的摩納哥人。他照片裡的臉有著又圓又黑的眼睛，與為他著迷的主人一樣，這個主人現在準備將他囚禁在他家中。一般認為，這為小說中阿爾貝蒂娜被囚禁的情節奠下基礎。

修改與重寫

同時，格拉賽出版社的校稿也一一出爐：普魯斯特立刻在校稿上重寫，加貼改寫用的紙條成為他的習慣，有時手稿甚至長達兩公尺。

除了加長敘述和描寫，他也擔心細節的正確性。他花費很大的工夫去求證他個人知識範圍外的事實，例如服裝製作與植物學。我們發現他寫信給已經讀過《在斯萬家那邊》初稿的呂西安·都德：

> 關於花朵，我向你保證，我有許多疑問：例如，第一次寫到山楂花（登在《費加洛報》上）時同一條路上有野生玫瑰。但是在波尼耶（Bonnier）的《植物學》（Botany）一書中我發現玫瑰晚一點才會開花，於是我在書上做了如下的修改，「幾星期後才看到……等等」。至於馬鞭草屬植物與天芥菜屬植物，波尼耶的確指出前者是從六月到十月開花，後者是從六月到八月！但是波尼耶研究的是野花，我想（而且我寫信去問的園藝學家也這樣向我保證）在花園裡（不像野生山楂林或是野生玫瑰）它們可以五月就開花，與山楂花同時開花。

（次頁）從校稿可以看出普魯斯特對作品的一修再修。此處為《在斯萬家那邊》的22頁。

Intermittences pl. 4

Aussi, comme ma grand'tante en usait cavalièrement avec lui. Comme elle croyait qu'il devait être flatté par nos invitations et trouvait naturel qu'il ... nous apportât ... les paniers de framboises ou de pêches de son jardin, et qu'il m'eût rapporté de Padoue des photographies des Vertus et des Vices de Giotto qui du reste ne m'avait pas plu, l'Envie ayant l'air ... un serpent, et la Charité en ... que Dieu puisse attraper son cœur) de l'Abraham de ... Gozzoli.

On ne se gênait guère pour lui faire pousser le piano et tourner les pages les soirs où la sœur de ma grand'mère chantait, pour l'envoyer quérir des qu'on avait besoin d'une recette de ... de chasse, ou de perdreau, ... pour des dîners ... où on ne l'invitait pas, ne lui trouvant pas un prestige suffisant pour qu'on pût le servir à des étrangers qui venaient pour la première fois. Si la conversation tombait sur les Princes de la Maison de France : « des gens que nous ne connaîtrons jamais ni vous ni moi et nous nous en passons, n'est-ce pas, disait ma grand'tante à Swann qui avait peut-être dans sa poche une lettre de ... », et ... le maniait avec une brusquerie et avec des façons comiques cet être précieux, comme ... un bibelot de collection qu'il ... comme un jouet bon marché. C'est que même au point de vue des plus insignifiantes choses de la vie, nous ne sommes pas un tout matériellement constitué, identique pour tout le monde, et dont chacun n'a qu'à aller prendre connaissance, comme d'un acte de l'état civil ou d'un testament; notre personnalité sociale est une création de la pensée des autres. ... Swann que connurent à la même époque tant de clubmen était bien différent de celui que créait ma grand'tante, quand le soir, dans le petit jardin de Combray, après qu'avaient retenti les deux coups hésitants.

... de Swann rempli de ... l'odeur ... des paniers de framboises et d'... bien d'... . Pour ma part, je ne pouvais passer ... de l'un à l'autre sans avoir l'impression de ... aller un être de chair ou de la substance qui le sollicitait un autre, et transvaser un autre, d'opérer une sorte de désincarnation.

Les premiers doutes de mes grands-parents à l'égard de la situation de Swann eussent pu leur venir de la marquise de Villeparisis, de l'illustre maison de Bouillon, qui avait été élevée au Sacré-Cœur avec ma grand'mère. Elles s'étaient un peu perdues de vue, ... de Villeparisis était ma grand'mère et si cette ... , à cause de la conception des castes ... résistât à ses prières d'échanger des visites avec elle ... savait en revanche que si elle avait un service à demander elle était toujours sûre de trouver dans sa vieille amie le plus solide appui; ma grand'mère nous la dépeignait comme une femme d'une intelligence supérieure, peu sensible, peu aimable, avare de son affection, attachant du prix à ses moindres entretiens à ses billets qui étaient courts mais exquis; mais aussi quand elle avait promis de faire une démarche ... grand'mère, qui la savait proche parente du maréchal de Mac-Mahon, avait ... plusieurs fois la prier d'intervenir auprès de lui en faveur d'amis à nous — mettant à tenir sa promesse une promptitude, une intelligence, une discrétion, une obligeance admirables.

Chaque fois que ma grand'mère eut ainsi à aller voir, M. de Villeparisis l'avait poussée à louer un appartement dans la même maison qu'elle ou dans des maisons contiguës et semblables où toutes donnaient sur des jardins, d'autant plus naturels à ceux-là ... sur un jardin ou un ... , et dont ma grand'mère revenait chaque fois plus enthousiaste, ainsi que d'un ... qui avait sa boutique, où elle faisait aussi des réparations de broderies.

de la clochette, elle injectait et vivifiait de tout ce qu'elle savait sur la famille Swann, l'obscur et incertain personnage qui se détachait suivi de ma grand'mère, sur un fond de ténèbres et qu'on ne reconnaissait qu'à la voix. ... si simple et ... à voir une personne que nous connaissons » est en partie un acte intellectuel. Nous remplissons l'apparence physique de l'être que nous voyons de toutes les notions que nous avons sur lui dans l'aspect total que nous nous représentons, ces notions ont certainement la plus grande part. Elles finissent par gonfler si parfaitement les joues, par suivre en une adhérence si exacte la ligne du nez, elles se mêlent si bien de nuancer la sonorité de la voix comme si elle n'était qu'une transparente enveloppe, que chaque fois que nous voyons ce visage et entendons cette voix, ce sont ces notions que nous retrouvons, regardons, que nous écoutons. Sans doute, dans le Swann qu'ils s'étaient constitué, mes parents avaient négligé de faire une foule de particularités de sa vie mondaine qui étaient cause que d'autres personnes, quand elles étaient en sa présence, voyaient les élégances régner dans son visage et s'arrêter à son nez busqué comme à leur frontière habituelle. Mais comme par ignorance, ils avaient pu loger en Swann le lourd et ... aucun de ses amis illustres l'écho des fêtes fastueuses dont il était le centre et l'attrait, ... vacant dans son visage vacant et ... de son prestige, au fond de la vague et de doux résidu mi-mémoire, mi-oubli des heures oisives passées ensemble après nos dîners hebdomadaires, autour de la table de jeu ou au jardin, ... toute notre vie de bon voisinage campagnard. L'enveloppe vivante de notre ami avait été si bien bourrée, ainsi que de quelques souvenirs relatifs à ses parents, que ce Swann-là, était devenu un être que, pas plus que l'autre, on n'aurait pu détruire. Plus bonhomme, sans doute, plus simple, et ... moins réel que l'élé...

dans la cour de Mme de Villeparisis, et chez qui ... grand'mère était entrée demander qu'on fît un point à sa jupe qu'elle avait déchirée dans l'escalier. Ma grand'mère avait trouvé ces gens, le ... et sa fille parfaits, elle déclarait que la petite était une perle et que le ... était l'homme le plus distingué, le mieux, qu'elle eut jamais vu. Car pour ma grand'mère, la distinction était quelque chose d'absolument indépendant du rang social. Elle s'extasiait sur les lettres d'une ... jaunie ... disant à maman : « Sévigné n'aurait pas mieux dit ! » et en revanche, d'un neveu de Mme de Villeparisis qu'elle avait rencontré chez elle : « Ah! ma fille, comme il est commun! »

Or Mme de Villeparisis, au cours d'une de ses trois ... visites qui furent ... entre elle et ma grand'mère ... lui dit un ... , « Je crois que vous connaissez beaucoup M. Swann, qui est un grand ami de mes neveux Villebon. » Ma grand'mère n'avait pas osé demander de détails, mais cette nouvelle qu'elle nous rapporta en rougissant ... , eut pour effet non pas d'élever M. Swann, mais d'abaisser les neveux Villebon sur l'échelle de notre estime mondaine et surtout d'exciter chez ma grand'tante contre Mme de Villeparisis une mauvaise humeur dont ma grand'mère était éclaboussée. Il semblait que la ... distinction que nous accordions à Mme de Villeparisis lui créât le devoir de ne rien faire qui l'en rendit moins digne, et qu'elle avait manqué à ce devoir en apprenant l'existence de Swann et en permettant à des parents à elle de la fréquenter; Quant à ma grand'mère on eut dit qu'elle venait de reconnaître qu'elle s'était trompée sur la valeur de la personne que nous avions placée si haut sur la foi de ses récits; et l'idée erronée que mes grands-parents se faisaient des relations de Swann n'ayant pas été rectifiée par

安德烈‧紀德的肖像畫，賈克－艾米‧布朗許的作品（1912年）。紀德原先一度拒絕《在斯萬家那邊》，但最後還是成為普魯斯特的出版商。

在這個校稿重寫的階段裡，金錢在塑造一件特殊藝術品上也扮演重要角色。一個比較沒錢的作家負擔不起如此大幅的改稿；當然也支付不起之前的出版費用。此外，商業因素也介入小說的編輯過程。小說應該多長，才能讓一般讀者接受？普魯斯特做了實驗，把書中的一整大段搬家，好找出合適的結尾，調整出適合書店販售的長度。作者不可侵犯的創作權似乎蕩然無存……不過不可忘記的是，在面對篇幅的限制時，作品的完整性與修改權還是在作者手上，在重讀與重想的過程中也有改善的空間。在這些細節修改的背後，一個完整的架構依舊存在。一九一三年二月他在給何內‧布隆（René Blum）的信中提到：

> 我不知道是否向你提過這是本小說。至少它最沒有偏離的形式是小說。裡面有一個人以第一人稱在敘事；還有許多角色；在第一卷裡他們在「醞釀」，以至於他們在第二卷的所作所為剛好是原先想的相反……。從寫作的觀點來看，本書複雜到唯有等所有的「主題」都結合在一起才能一窺究竟。

《在斯萬家那邊》的摘錄刊登在《費加洛報》上，等它最後於一九一三年十一月十四日出書後，幾篇讚揚的書評被製造出來，讓此書得

以於十二月再版。但是——「被製造出來」是什麼意思？雖然有些書評是他朋友寫的，他們當然會誠實地寫出對這本書的深刻感覺：這是巴黎文人圈裡的禮節，搶位子的權謀以及推薦信函的往來，一切都該視為正常。這點從普魯斯特一九〇五年寫給一位文人朋友的信即可看出。他寫道：

> ……當我翻譯《亞眠的聖經》，我以為我的文人朋友會盡力幫我。序文是獻給雷翁‧都德（Léon Daudet），他幫《高盧人》（Le Gaulois）和《回聲報》（L'Echo）等刊物撰稿；我暗示他可以幫我寫篇文章。一個字也沒有，提都不提我，他在文章裡提過全世界每個人就是不提我的名字。什麼都別說，我還嚥不下這口氣。

（左圖）香檳區（Champagne）一場盛大航空週的海報（1909年）。當時法國是世界航空業的龍頭。

（右圖）蒙地卡羅航空賽海報（1909年）。阿勒菲德‧阿戈斯提奈利，普魯斯特的司機、秘書兼密友，在距離蒙地卡羅海岸幾英里遠的安提博附近墜海。

現在紀德好好讀過這本書，並寫信向他道歉，說拒絕此書是他一輩子最大的錯誤；而他的出版公司新法蘭西評論社，表示已經準備好要

GOUVERNEMENT MILITAIRE DE PARIS

Armée de Paris,
Habitants de Paris,

Les Membres du Gouvernement de la
République ont quitté Paris pour donner
une impulsion nouvelle à la défense
nationale.

J'ai reçu le mandat de défendre Paris
contre l'envahisseur.

Ce mandat, je le remplirai jusqu'au bout.

Paris, le 3 Septembre 1914.
Le Gouverneur Militaire de Paris,
Commandant l'Armée de Paris,
GALLIÉNI

1914年9月3日巴黎軍政府發出這張動員令。當時首都遭到德軍嚴重的進犯。

出版接下來的兩卷。結果跟格拉賽之間陷入僵局;但是這個問題的解決因爲大戰爆發而延後。

戀情觸礁

書的好評所帶給普魯斯特的喜悅,沒多久就因與阿戈斯提奈利的戀情——如果那可以算是戀情的話——觸礁而中斷。他的妒忌變成習慣性的折磨。妒忌是他過去早已熟知以及書寫過的主題;與阿戈斯提奈利的這一段與其說是靈感,倒不如說是更加確立小說敘事者囚禁阿爾貝蒂娜的煎熬心情。

普魯斯特的占有慾無疑強得令人受不了;但是阿戈斯提奈利是當時年輕的技工,他的興趣轉向法國領先全世界的新科技——航空。雖然普魯斯特拒絕協助他去學開飛機,他卻願意前往巴黎附近的小機場,兩人一起去認識年輕駕駛員,最後從中生出那些關於當代現象的美麗描述——首度飛翔在天空中的飛機。飛機——出自一個如此忠實記錄普法戰後至第一次世界大戰前歌舞昇平時代的人的筆下……由此又可見普魯斯特生命與作品中興趣多元和極端的本質。而飛機的出現也結束了阿戈斯提奈利服侍普魯斯特的歲月,最後還在一場墜機中帶走他的生命。

《在斯萬家那邊》出版不久,阿戈斯提奈利離開普魯斯特到出生地摩納哥南方學飛行,因此澆熄了普魯斯特對新書成功所感到的喜悅。一九一四年五月,當年輕駕駛員飛機墜海的消息傳來,普魯斯特的妒意轉爲哀傷。飛機墜毀在距離安提博(Antibes)幾百碼之處,但駕駛員——巧的是他以馬賽爾‧斯萬(Marcel Swann)的假名登記——不會游泳而溺斃。阿戈斯提奈利這段插曲——愛情,俘虜,妒忌,逃脫,死亡——肯定在作家的心版上烙下痛苦的印記:但既然他是作家,他最後還是這把這段情事移植於小說中,寫出阿爾貝蒂娜的故事。

大戰爆發

一九一四年六、七月號《新法蘭西評論》登出《蓋爾芒特家那邊》的文摘;但是該年戰事爆發,歐洲動員所有役男;而更進一步的出版計畫——例如《在少女們身旁》預計於十月出版——在戰亂時期必先擱置一邊。動員令的影響及於生活各層面,普魯斯特的印刷商當然受到波及;他的上流社會朋友也苦於僕傭突然消失;其他菁英朋友也開

雷納多‧漢恩（站立者）在一次世界大戰蕭瑟的西戰線上。

（下圖）普魯斯特的醫生弟弟羅貝爾，身穿軍服並在休假中。

始加入各種服務行列。身為病人的他什麼都不能做，他的個人生活也因為家裡僕役的改變而被打亂。相較於戰禍，這些算是小事，但是對一個病重的人來說可就嚴重了。事實上，他很幸運有賽蕾絲特‧阿勒巴黑（Céleste Albaret）陪他住，她是他司機歐迪隆（Odilon）的太太。歐迪隆現在為他提供計程車服務，賽蕾絲特則是他的管家兼秘書。

八月份德軍攻陷比利時，接著是法、英陣線，然後來到距巴黎三十英里處，當時巴黎已經撤離一百萬人之多。普魯斯特待在家裡，天天為他弟弟和朋友們擔心，更為自己的無能為力感到心煩。最後他與賽蕾絲特搭火車前往老地方卡堡。九月份他就待在莫內海邊（Monet sea）的卡堡大飯店（Grand Hôtel），同住的還有老朋友史特勞斯夫人等，以及剛送至當地醫院的傷兵。十月他返回巴黎一直待到戰爭結束，著手修改他的長篇小說。他想以某種方式服役，然而身體情況不允許。不過他卻是個從高處（當然不是象牙塔）密切觀察戰爭的人；他自然專注於他手頭上唯一的著作，這部作品歷經重要的幽閉年頭後變得越來越長，現在書中角色的年齡得以增長，書中也加入戰爭。最終的成果是經過大幅修改的作品，也就是我們現在所熟知的鉅著，他在歐斯曼大道上加裝了軟木貼板的工廠裡將從天而降的戰火加工到他的小說中。

他在小說上的進展還有一值得一提的線索。一九一五年年底，一個文學沙龍的女主持人雪克維奇夫人（Mme Scheikévitch）拿她那本《在斯萬家那邊》請他簽名。她一定與普魯斯特討論過小說中的某些細節，因為他還書給她時加了好幾頁白紙，上頭有他寫的東西。結果那是整個阿爾貝蒂娜故事的完整摘要，就像最後出版的內容一樣。他因

此不僅遠遠超前他的計畫或寫作，而且他此時比較重視的不是遙遠的回憶，而是剛剛經歷過的事情以及他現在的反應，也就是失去阿戈斯提奈利以及他的感受：先是妒忌勝過死亡，然後是痛苦過後的漸漸遺忘，遺忘你所失去的。

戰亂期間的生活

面對這幾年的戰亂，繼續在遠離前線的首都裡過著普通日子似乎是件奇怪的事。但是日子還是這麼過下去。後來出版商由格拉賽協議換成紀德的新法蘭西評論社。這期間還有很多與普魯斯特有關的奇異幾近不可置信的插曲，比方說他突然對音樂起了很大的興趣，會在半夜把四重奏樂團挖起床到他的公寓裡演奏凱撒‧法蘭克（César Franck）的音樂給他聽；齊柏林飛船（Zeppelins）和哥達式轟炸機（Gothas）在頭頂上出沒的同時，開車沿著黑漆漆的街道接送被叫起床的大提琴手和小提琴手——這位蒼白病人的詭異舉動，背後其實有嚴肅的理由：爲

（左圖）巴黎麗池飯店（Ritz Hotel）屋頂上的聖誕老人。

（右圖）麗池飯店的耶誕夜菜單。雖有轟炸，巴黎人的生活依舊如常。

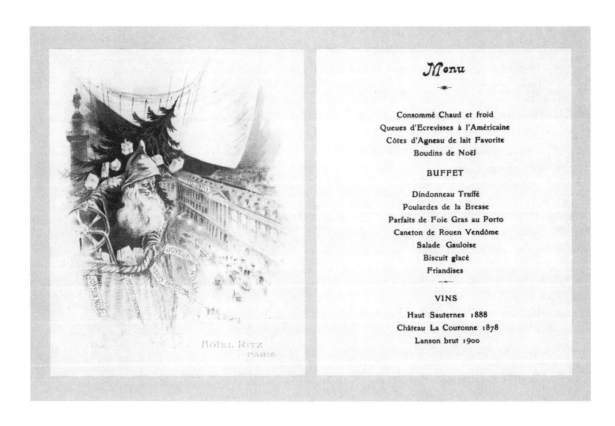

這部美麗的凡德伊（Vinteuil）七重奏小說添加音樂場景。比起現在透過播放器材播出的音樂，此處突顯出現場演奏音樂的重要──手搖風琴、鋼琴伴奏的詩歌、短暫經過的軍樂隊，這些不是不重要或是可笑的噪音，而是難能可貴的場景。自動鋼琴並不多。

生病的普魯斯特一再做出這種突然的努力。他的堅持是前所未見的──忽然開車去看巴黎市外盛開的蘋果樹，或是布隆尼森林裡短暫的秋色，這是小說家的急性焦慮，擔心自己無法再憶起那般景象，因而寫不出其感性的本質。同時他也因暴露在不同的氣候中而有病情加重的危險。但是這位病人從來沒有完全臥病在床。他常在日落後起床：一九一七年他有了「麗池的普魯斯特」（Proust of the Ritz）的名號，把麗池飯店當成第二個家，逃離他永不疲倦的工作室和病房。金碧輝煌的麗池飯店有往昔豪華沙龍的影子，還有謹慎的氣氛與禮貌周到的服務生；他在那裡發現舊朋友和新朋友，後者包括保羅‧莫洪（Paul Morand）的未婚妻，羅馬尼亞－希臘公主蘇柔（Soutzo），對普魯斯特來說，這又是一個許配給朋友的活潑美女，一個可遠觀而不可褻玩的對象。他的外表越來越特殊，病越來越嚴重，衣服越來越皺，但他還

巴黎凡登廣場（Place Vendôme）上的麗池飯店。1917年，病情加重的普魯斯特把這裡當成一個逃避的地方，同時也為他的回憶尋找第二個家。

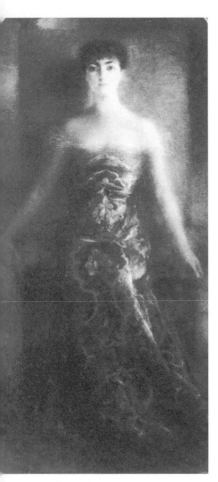

蘇柔公主（Princess Soutzo），羅馬尼亞與希臘混血，她的優雅與聰慧吸引了1917年在麗池的普魯斯特。她住在麗池，並把她的套房提供他作為庇護所。

是個很棒的伙伴，可以陪朋友高談闊論談文學談到半夜；他也是服務生的好朋友，小費總是給得特別多。比方說有一個晚上，他身上沒有現鈔，他問麗池門口的服務生可否借他五十法朗。門口的服務生同意後，他把錢塞回服務生手裡說，「留著。是給你的。」當然，這筆帳他第二天就還了。

在那些年裡，他也開始固定去男妓院，這幾趟神祕而未被記載的行程可能有多重動機，一是滿足個人私慾，一是為了寫夏呂斯逛居皮翁（Jupien）的妓院而做的田野調查。事實上他幫助一位舊識，一個以前

（右圖）麗池小餐廳的餐桌擺設。

巴黎充斥著許多新的外來套裝，此圖為1919年6月的布隆尼森林。普魯斯特對此現象很感興趣。

是貴族侍者的人，在拱廊街（rue de l'Arcade）十一號開了家男妓院，甚至給了這家名爲阿勒貝爾·古齊亞（Albert Le Cuziat）的妓院一些他父母的家具，這項禮物是出自好意，但也有褻瀆的快感。不過值得注意的是，他之所以同時結交麗池飯店的老闆和妓院的老闆是爲了取得資訊——普魯斯特不斷從這兩種寶庫獲取有關社會行爲的知識。他不放過任何觀察的機會。不過他總是一個極端矛盾的人——極度自我中心，又非常寬宏大量。

巴黎又出現變化。汽車變得與馬車一樣多，街頭不僅因法軍的制服而顯得多采多姿，還有聯軍的制服，其中有許多美國人。雖然缺乏燃料和燈光，建造必須持續下去，這樣蓋爾芒特親王才能於戰後搬到他位於森林大道（Avenue du Bois）的新豪宅。時尙吹起「戰爭風」；女

《森林大道》（*L'Avenue du Bois*），
艾奈斯特‧黑努的作品，這是在有錢
人拆掉舊屋、建造大宅第之前的景
象。普魯斯特後悔從戰前蓋爾芒特一
家住的聖日耳曼搬到此區。

人帶著無邊帽跑來跑去，戒指和手環是以砲彈碎片製成。晚上實施宵
禁，不過敵軍的探照燈仍在夜空中四處掃描。落日的天空充滿惱人的
防空戰機；在平靜的夜晚裡，當飯店關門，交通止息，月光下的巴黎
竟然貌似鄉村，這是一幅病人會注意到的夜景——因為白天的平凡生
活是傳聞：「麗池的普魯斯特」現在加倍工作，構思《重現的時光》
裡頭的戰爭章節，把東崧維爾和貢布雷從他童年時期的博斯轉化成靠
近漢斯（Rheims）的前線。這時他也收到《在少女們身旁》的新校樣，
並且為他的擬作與論文集《擬作與雜記》收集資料。這兩本書，以及
《在斯萬家那邊》的新版本，最後於一九一九年六月出版。

龔固爾獎

　　隨著和平降臨歐洲，普魯斯特個人與死亡的賽跑開始瞬間加速。另

《圖示》（*L'Illustration*）的卷首插圖（1915年）。圖名是「巴黎初春夜」，圖中有一架齊柏林飛船被探照燈照到。同時，興高采烈的巴黎人正在釋放煙火；目擊者惋惜煙花沒把飛船炸破。普魯斯特也是興奮的巴黎人之一，而且從不懼怕在夜間空襲時出門散步。

（下圖）1914年前線一景。雖然因病待在巴黎，普魯斯特的心仍與這些士兵以及他從軍的朋友們同在。

（左圖）《尚·考克多》（Jean Cocteau），賈克－艾米·布朗許繪於1912年。（右圖）《保羅·華雷西》（Paul Valéry），同一位畫家繪於1913年。華雷西與考克多是一次大戰後出現的一批新作家，普魯斯特也被歸類於其中。

（次頁）女演員黑珍娜打扮成莎岡王子的模樣，一位時髦的花花公子，成熟而莊重，讓普魯斯特想起夏呂斯男爵。黑珍娜讓普魯斯特住進她家，直到他搬到阿莫朗街（下圖），最後在那裡辭世。

一個因戰爭而不請自來的的好處，是晚成名的他被歸類成與紀德、華雷西（Valéry）、考克多同一類的新作家，而不是已經過氣的阿那托勒·法朗斯和愛德蒙·侯斯東（Edmond Rostand）。他與新法蘭西評論社合作得好；現在他朝龔固爾獎（Prix Goncourt）邁進。

然而，就像一九一四年阿戈斯提奈利的死使《在斯萬家那邊》的成功果實索然無味，這次他出新書的喜悅又因家中巨變而走調：他姑姑把他在歐斯曼大道的住所賣給銀行，他必須搬家。此事就像地震一樣嚴重：不僅他的私人病房和工作室瓦解，現在他還得搬離他與他父母住過的殿堂。他在某些標準來說還算有錢，但是他自己不這麼認為；他覺得他必須小心。後來，他的朋友吉胥公爵幫他解決租金債務，其

他人幫他出售家具，五月份他暫時搬進女演員黑珍娜位於羅洪－畢夏街（rue Laurent-Pichat）八號的房子裡。結果那裡太吵；四個月後他定居在托卡德洛的阿莫朗街四十四號，一條安靜狹小街道上的五樓公寓。在這個相對比較小的環境裡，他把小時候睡的黃銅床架靠牆放，旁邊擺著堆滿手稿的竹製小桌，繼續筆耕並且等待龔固爾獎的結果。十二月他以《在少女們身旁》獲獎。這項宣布並未獲得普遍支持。有些批評家認為他太老了，這個獎原本是為年輕作家而設；其他人認為把獎金頒給這麼富裕的人實在浪費。不過，這些爭議只是讓這個獎更為聲名大噪——現在普魯斯特揚名全法國，他終於擁有他企求的廣大讀者群。

死亡迫近

一九二〇年他獲得騎士榮譽勳章，同年十月，《蓋爾芒特家那邊》的第一卷出版。次年春天《蓋爾芒特家那邊》的第二卷與《所多瑪和蛾摩拉》（*Sodome et Gomorrhe*，英譯*Cities of the Plain*；參見85頁譯注）的第一卷出版。《所多瑪和蛾摩拉》中關於同性戀的描寫早先可

MARCEL PROUST

A LA RECHERCHE
DU TEMPS PERDU
TOME II

A L'OMBRE
DES JEUNES FILLES
EN FLEURS

nrf

PARIS
ÉDITIONS DE LA
NOUVELLE REVUE FRANÇAISE
35 ET 37, RUE MADAME, 1920

《在少女們身旁》，題獻給蘇柔公主
（1920年）。

能會讓人大吃一驚，但現在這只被視爲一篇道德論述，只嚇到同性戀圈內人，如紀德等，因爲裡面關於同性戀的呈現並不美好，代表人物是夏呂斯這種年華老去的人，而非年輕美麗的人。普魯斯特事實上把他自己的同性戀情經驗轉化成小說中年輕女性的浪漫描繪（不過他自己與某些女性的浪漫戀情也總是摻雜其中）。就算是他自己承認，一個作者到底在作品中放進多少個人成分也是永遠說不準的，因爲他也不知道自己在無意中洩露了多少。伴隨這個疑問而來的，是在普魯斯特的朋友之中以及社會上對這本小說如何對號入座的討論：雪維尼夫人感到不悅，而孟德斯鳩也可能在夏呂斯身上看到自己的影子。這些社會與美學上的冒險需要他去護航，但此時他病況加重，越來越害怕死亡的迫近，他可以完成作品的時間越來越少。

他把不必要的家具丟掉後公寓變得更空；擔任他數年秘書的年輕人亨利・侯夏（Henri Rochat），他最後一位沈默的俘虜，現在也必須離

《德爾芙特的景色》，詹‧佛米爾的畫作，普魯斯特於1921年在網球場博物館舉行的荷蘭畫展上看到。這幅畫表達出夏夜的燦爛、回憶以及時間。當時因生病而昏眩的普魯斯特，後來把這段經驗寫成貝戈特的死。

（下圖）普魯斯特欣賞《德爾芙特的景色》那天所拍的照片。

開他。他仍然偶爾參加舞會或晚宴，據說他洋溢著一種鬼魅般的青春，完全沒有臥病在床的蠟黃病容。在一個現在值得紀念的日子裡，他早起參觀荷蘭畫展，在那裡突感暈眩，後來他把這段經歷用來描寫小說中的作家貝戈特在詹‧佛米爾（Jan Vermeer）的畫作《德爾芙特的景色》（View of Delft）前昏倒的情景：死亡的陰影又籠罩心頭。十二月時，孟德斯鳩過世，喪鐘又起。但偉大的裝腔作勢者入了墳墓還不安分，身後遺留下來的回憶錄令人捏把冷汗；雖然最後證明並未如預期的危險，仍可以用高貴的葛夫樂夫人所說的一句話來蓋棺論定：「這不如大家對一位死者的預期。」

此時普魯斯特也像個狡猾的生意人巧妙操縱，他在文學雜誌裡刊登小說的長篇摘錄；經過特別的修飾、刪改和打字，這些工作說得比做得輕鬆，在最後幾年的努力工作上占有極大的分量。一九二二年他著手接下來幾卷的修改工作，《所多瑪和蛾摩拉》的第二卷於五月初出版。接著是一個令人驚恐的意外——他誤吞未稀釋的腎上腺素，胃部感覺嚴重灼熱。他以為他毀了自己。他訂了一個月的冰和冰啤酒。這對他虛弱的身體無異於雪上加霜，差點讓他送命。然而他的身體似乎也因禍得福；令人煩惱的症狀如暈眩和失語現象均告消失。七月他去一家新餐廳「屋頂上的牛」（Le Bœuf sur le Toit），被一個醉漢羞辱，

ADMINISTRATION
DES TÉLÉGRAPHES ET DES TÉLÉPHONES
Beheer van Telegrafen en Telefonen

TÉLÉGRAMME　　TELEGRAM

COMTESSE DE NOAILLES
ACADEMIE ROYALE DE
BELGIQUE
BRUXELLES BELGIQUE =

Déposé à = PARIS 46144 176 22 9 10 12 = N

MADAME JE VIENS DE LIRE LE MESSAGE DIGNE DE VOTRE
GENIE QUE AMBASSADEUR COMME LE FUT RUBENS MAIS PLUS
PROFONDE QUE LUI VOUS AVEZ ADRESSE A LA BELGIQUE
UN FAUTEUIL D ACADEMICIENNE A PARIS EUT ETE BIEN
POUSSIEREUX ET BIEN OFFICIEL POUR VOUS A LA FEMME
UNIQUE CETTE UNIQUE MISSION CONVENAIT TOUT CONCOURT
A LA BEAUTE DE CE CHANT DU POETE QUI EMERVEILLE TOUT
JUSQU A L ANNEAU NUPTIAL D UNE SOEUR QUI A OUBLIE OU
PLUTOT RENIE MA FIDELE PREDILECTION LE NOM DE CHIMAY
EST ENTRE MAINTENANT DANS LE DOMAINE POETIQUE COMME
CELUI DE CHATEAUTHIERRY ET CELA GRACE A VOUS MON
ADMIRATION QUI NE CHANGEA JAMAIS EST ENCORE ACCRUE
PAR LES ACCENTS DE VOTRE CHANT SACRE JE BAISE AVEC
RESPECT VOS MAINS QUI FURENT JADIS DES MAINS D AMIE
ET JE DEMANDE A MADAME VOTRE MERE A MADAME VOTRE
SOEUR A VOTRE MARI AVANT TOUS A VOTRE FRERE LA
PERMISSION DE M ASSOCIER DE LOIN A LEUR EMOTION
HEUREUSE = MARCEL PROUST 44 RUE HAMELIN PARIS =

拍給諾艾伯爵夫人的二十行賀電，慶賀她進入比利時文學高等學院（1922年）。普魯斯特雖然生病不久於人世，仍然費力地照常發送他冗長、體貼的電報。

《安娜‧諾艾伯爵夫人在床上書寫》（*The Comtesse Anna de Noailles writing in bed*），艾德華‧弗亞（Edouard Vuillard）的作品。她跟普魯斯特一樣在床上寫作。

亞瑟・慕尼耶神父（Abbé Arthur Mugnier）是一位勇敢、神聖的神父，幫助過各式各樣的人，包括「上」流與「下」層階級的人，還有如普魯斯特和亨利・蒙特朗（Henry de Montherlant）等作家。他幫普魯斯特舉行過好幾年的生日儀式，直到沒有人來參加為止。這幅粉蠟肖像是葛夫樂伯爵夫人所作。

結果他竟向對方發出用劍決鬥的戰帖！但是那一招已經落伍，此一事件和平落幕。

過世

　　九月嚴重的氣喘發作，普魯斯特懷疑是煙囪破裂造成他一氧化碳中毒。從此他不准家裡生火，捨棄他最大的需求。十月他最後一次參加晚宴，地點在艾提安・波蒙伯爵（Comte Etienne de Beaumont）的家，結果染上感冒而病倒。接著是支氣管炎和肺炎，十一月十八號出現精神錯亂，然後死亡。他前一晚工作到深夜，他最後說的話，由忠心的

逝去的普魯斯特，保羅‧艾勒（Paul
Helleu）的蝕刻畫（1922年）。

賽蕾絲特記下，是關於醫生和貝戈特的死。

後來，來探望逝者的考克多提到壁爐架上成堆的手稿卷宗「繼續活著」，就像陣亡士兵手腕上戴的錶依舊滴答作響。

一本關於時間的遺世鉅著

手錶繼續滴答作響。我們必須討論一下裡面的東西。但是這支錶太大了，像一座有待探勘的新城市，所有遊客的印象一定是相當主觀的。我自己的第一個感覺是他所使用的首要字眼。用這麼精練的長篇小說來寫感官經驗和智識方面的追求，他強調這些是普遍存在於每個人的心裡的：「……這種生活時時刻刻存在於每個人身上，不只有藝術家而已。」沒錯。否則很少有讀者能夠理解或是認同此書。所以這不是一篇唯美主義的論文，如通常大家所誤以為的；不管它對讀者要求多高，書中探討的問題和疑惑是任何會思考的人都不時會遭遇到的。本書神妙而又不失現實。

簡而言之──從上下文來看這是個荒謬的說法──小說中敘述的是他自己的生活經驗，從童年到中年。它不是自傳，但是經驗濃縮成虛構的小說。所有的作家寫作都是從自身經驗出發。普魯斯特的不同之處在於他嚴守經驗，從不偏離縈繞於他心中的問題：人生是怎麼回事，我所見到、感受的這一切是什麼，為何會如此？極度敏感，而且對於過往的感覺記憶力超強的他，讓自己的心靈與身體化為複雜的樂

器，任憑經驗去吹奏，研究每一個音符，永遠搜尋著蘊藏其中的神祕主題。他會發現這個主題是時間，但不把它當成一種會流逝的東西，而是被玻璃圍住，一種因人類記憶的神奇運作，不管是有意還是無意，永遠存於現在的東西。無意識記憶是最好的證據：就像音樂，或是一種味覺、觸覺，或是任何肉體感覺，都可以重建數年前的景象，從而勾起回憶。感覺因此重於理智。然而卻是理智讓人知道，透過感覺，最後保存下來的時間其實是一種藝術：過往的時間可以永遠保存在一本書裡，一幅畫裡。所以佛米爾的《德爾芙特的景色》畫好之後，那天的光線以及畫家的興奮狀態便永久保存下來。同樣地，在《追憶似水年華》的偉大旅程終了時，敘事者決定寫一本書來記錄他的過去；然後就像變魔術一樣，我們突然發現這本書已經寫好，就在我們手上。在這裡我們很高興發現事實上作者普魯斯特與敘事者馬賽爾不是同一人。不像這位業餘從事文藝的敘事者遲遲才發現他的目標，普魯斯特這位專業的辛勤筆耕者老早就立定志向寫小說。

卡密・聖桑（Camille Saint-Saëns）的小提琴與鋼琴奏鳴曲第一樂章。這可能是「凡德伊（Vinteuil）小樂章」的一部分。

當普魯斯特探尋時間的祕密時，他玩弄大多數人知道的神奇信念：一廂情願地認為所有的過去都是輝煌的，以往的夏天都是陽光燦爛的；而且不明究裡地懷疑一旦見著了祕密花園，就再也找不到了；對一個從未去過的地方竟有「似曾相識」的奇妙感覺；對聲音的鄉愁可以用「廉價音樂不是蓋的」一句話總結；重新憶起獨一無二的好滋味，其最常用的代名詞是「媽媽的蘋果派」。所以我們人人都是走動中的電腦，隨身攜帶過去的光線角度、聲音、以及味道的記錄，等到我們又偶然憶起時，便會產生出最神祕、最令人滿足的顫動——頓時，我們超越時間之外。這時我們突然意識到過往的感覺是有跡可循的，但是也可能同樣的事情一直不知不覺地在發生，每當我們看或是感覺一件事物，回憶的快感便在隱藏其中。人類希望生存，苦痛總是會被推出歷史之外，讓回憶變成通往快樂、歡愉與滿足的交通工具。普魯斯特的結論是記憶乃人生最重要的部分，於是將他的一生之作投注在詳究與記錄上。

有了這個主題架構後，這部長篇小說主要談的是幾十年來巴黎上流社會的物換星移、風流韻事以及人物。人們絕不是如你一開始所想的那樣，人不斷在變，他們的性格只是看似大致相同，但是隱藏於其中的變化隨時會曝光。愛情絕不如想像中那般海枯石爛永遠不變，它不過是種會消逝的感覺，唯有記憶中的愛情最美，唯有愛人不在時，才最能享受那種無須回報的熱情。上流社會表面光鮮、優雅、世故，事實上卻是勢利、殘酷、愚昧，跟其他一切一樣註定要變，隨著時光老去、消逝。人生中每樣有趣的東西最後都會變得無趣。只有記憶，以及保存在藝術中的記憶，可以逃過這種命運。

人物

為了在時光中穿梭並闡述這些主題，普魯斯特帶我們進入一個多采多姿的世界，裡面充滿有趣的人物，因為他們一直在改變，永遠讓我們充滿驚奇。所以令人難忘的夏呂斯男爵首先以時髦的貴族角色亮相，在傲慢的外表下散發神祕的光暈，經過幾卷之後他的同性戀身分才被揭露，而且他的狂放傲慢成為書中最精彩的片段。晚年坐在輪椅上試圖引誘小孩的他雖然可悲可怕，他依舊是個慷慨仁慈的人。（事實上，普魯斯特雖然在揭發自己筆下人物的祕密上看似毫不留情，他也會於某一時刻突然對人類的群居本能做出慈悲的屈從：「世上最普遍的東西不是常識，而是仁慈。」）至於另一個主要角色維爾杜蘭夫

（次頁）鄉間的午餐。普魯斯特是左邊數來第三位站立者。

不擇手段要在上流社會展露頭角的人所舉辦的沙龍，例如普魯斯特筆下的維爾杜蘭夫人。

人，我們先是看到一個十分做作，想藉由舉辦中產階級沙龍躋身名流的人，是書中一個荒謬可笑的人物，不過仍可以突然做出慷慨之舉；而且她最後藉著一椿高明的聯姻撼動整個社會結構，成為聖日耳曼區最至高無上的沙龍女主持人。各個角色就這麼持續變化，粗鄙的知識分子作家布洛克（Bloch）隨著年紀增長、事業成功而變得圓滑，英勇的金髮軍官聖魯最後公開地與其他女人發生婚外情，好掩飾他真正的同性戀傾向。

地點

為了畫這幅大油畫，普魯斯特在一開始的幾卷就投入鄉下童年的回憶描述。陶醉在失落已久的花香裡，有感於在鄉下城鎮與家人共度之生活，他召喚出每個人最燦爛的童年時光——我們認為自己曾經擁有的過去，即使我們只是從古老的圖畫或書籍中想像出來。正確、敏感的細節竟然出乎意外地完整，從五月天的萌芽時期到他姑姑家小花園裡「被忽視的一小塊地」，一個塵封卻又難忘的回憶象徵。這家人習慣的兩條特殊散步路線永遠縈繞著男孩的回憶。一條是梅塞格里斯，

該條小徑周邊長滿粉紅山楂花——此徑通往斯萬的東崧維爾豪宅的紫丁香花園，是一條愛與純真的路。透過山楂叢的縫隙，就像在一個祕密花園裡一樣，男孩看見身穿圍兜、長著粉紅雀斑的小女孩吉兒貝特。這是他初戀的神聖時刻。小女孩一個不雅的動作更莫名地掀起高潮。

山楂小徑並非全然純真。有一天男孩在同一條路上偷窺一間鄉間房屋的窗戶，看見一齣女同性戀的場景，伴隨一段心理殘酷的插曲。他在學習。在夏日時光中，天堂已經透露即將失落的徵候。喜歡打破砂鍋問到底的普魯斯特忍不住要為美好的夏日場景添上幾許陰影。

另一條他散步的路徑在河邊，長著水生植物與紫蘿蘭，是一個截然不同的世界。這條有柳樹生長的路更為神祕，通往蓋爾芒特的貴族城堡，他從未進去過，一個永遠保有夢幻色彩的地方，正如每處清泉都有成河的希望。他們經過童年時期特別注意的景象——一個神祕的垂釣者，在度假屋裡的寂寞女子——有時候在月亮剛出來時回家，看著詩意的白色冷光把鎮上有名的建築化為新穎迷人的美景。所以蓋爾芒特路徑象徵世故與俗世壯觀的夢想。這兩條路都是未來世界的象徵；幼時看這兩條路似乎截然不同——唯有待中年時重返舊地，敘事者才

在他的小說中，普魯斯特的敘事者童年時在一條通往貴族城堡的路上散步，但是他從未進過那座城堡。在普魯斯特的生命中，該城堡座落於往聖艾蒙（Saint-Eman）的方向。小說中借用了「蓋爾芒特」的名字。此圖是真正的蓋爾芒特城堡，其中心點恰好是個時鐘，所以時間倒映在湖中。

(左圖)保羅・貝東(Paul Berthon)筆下的里安娜・普吉(Liane de Pougy),又名安娜・夏賽涅(Anne de Chassaigne)。她是當時的女演員兼妓女,這種人被稱為「奧爾平頓」(les Orpingtons),源自英國有名的蛋肉兼用品種雞,奧爾平頓雞。

(右圖)葉忒羅(Jethro)的女兒,波提切利(Botticelli)一幅畫作的細部(約1481年)。在小說中,斯萬發現她很像自己的愛人奧黛特・克雷西。

發現兩條路的盡頭相距並不遙遠,正如純純的愛與社會的複雜性總會糾纏在一起一樣。他發現具有墨洛溫王朝夢幻色彩的河流不過是條單調的小溪,源頭冒著無聊的泡泡。

斯萬

　　緊接在這篇童年天堂的長篇敍述後,小說家以大篇幅描述遙遠的成人世界裡的一場真正風暴——時光倒流至東崧維爾的主人斯萬與交際花奧黛特・克雷西之間的舊情。該段戀曲就發生在敍事者出生之前,一個似近又遠的時間,剛剛好錯過,時間明明很接近但卻生不逢時,結果反轉而嫉妒自己的父母。這段戀情備受激情和妒忌煎熬,並且預示未來敍事者自身也會遭遇同樣的痛苦。

文質彬彬的斯萬像黑天使般盤旋在小說中。就是他的夜訪偷走了敘事者母親的注意力，所以她才拒絕上樓親吻小男孩道晚安，那是永難忘懷的關鍵時刻。斯萬代表夏夜裡賓客的喧鬧聲，唯有男孩一人先上床睡覺。斯萬也是吉兒貝特的父親，當小馬賽爾再度於巴黎香榭麗舍大道花園遇見她時便墜入愛河。對小男孩來說，斯萬的家比他自己家更具有魅力。

幻滅

《在斯萬家那邊》結尾時，我們突然被往前帶到現在的光景，中年的敘事者重遊布隆尼森林，他以前曾到大家趨之若鶩的洋槐林蔭道看優雅美麗的斯萬夫人。那是一段愉悅的黃金時光，「當時我還充滿信心」。現在一切都變了。流行看似不合宜，汽車取代了馬車的陣仗。

洋槐林蔭道，加皮耶洛(Capiello)為《笑》畫的插圖，中間的人物是女演員波萊兒(Polaire)，另外還有索黑樂(Sorel)與黑珍娜等人。一種優雅的交通阻塞；但是氣氛通常更為悠閒，因為這裡是開一個視覺上的玩笑。

時代和流行在變，女性的活動也在變。沙巴提耶（Sabattier）在此圖中畫出最新的流行寵物：手鐲式手錶（1921年）。

（右圖）保羅·艾勒早期懷有復古風的作品（約1906年）。

時間偷走以往的現實；他最後的悲語是：「……某種特殊形式的回憶不過是對某一特殊時刻的遺憾；房屋，道路，大道就像時間一樣，唉，一去不復返。」。

我們覺得到這裡也許小說已經很完整。可能原本的安排是這樣。如果真是如此，結果作者欲罷不能，又多寫了十卷，以此終結他一生的無所適從，追尋，以及渴望。他的渴望特別在接下來的兩卷裡做了清楚的表達，《在少女們身旁》，裡面主要處理青春期的感覺以及最後馬賽爾的諾曼第海濱之旅，他在那裡被一群散步的活潑少女迷得團團轉。他這個寂寞的同性戀者，渴望她們的輕浮自在。最後他遇見她們，被她們接受，並且把他的注意力——這不算是愛——放在阿爾貝蒂娜身上。在此之前他已經從吉兒貝特·斯萬那裡嚐到失戀的滋味。他也經歷過其他的幻滅：在巴爾貝克這個海濱城鎮，他原本預期會看

到充滿岩石風浪的北海岸，結果卻只看到一個蓋滿別墅的度假勝地；去巴黎的劇院前，他非常期待能見到偉大的女演員貝爾瑪（Berma，一位莎拉·貝納，雖然這個名字讓人想起當時有一個名叫博瑪〔La Brema〕的女演員）但是見到她本人卻很失望。後來我們會被進一步引入「期望比占有更美」的主題。

同時，他認識了作家貝戈特與畫家艾斯提爾（Elstir），他們的個性與作品不符，不過他們的作品並未使他產生幻滅。此外，在之前的斯萬故事裡，敘事者被作曲家凡德伊所吸引。藝術已經被視為超越生命低潮的方法。這裡可以再加上一些私人的狂喜，例如泡在萊姆茶裡的瑪德蓮蛋糕；尤其是當他坐車到尤地麥斯尼（Hudimesnil）附近的鄉間，映入眼簾的三棵樹莫名地讓他感到興奮，他無法理解那種奇怪的力量，他明明沒見過那些樹卻覺得似曾相識。這種對內在情感的密切

莎拉·貝納在《胡伊·布拉》（Ruy Blas）的演出。當時年輕的普魯斯特第一次上戲院，從這個經驗衍生出他稱為「貝爾瑪」的角色。

（右圖）當代女演員瑪麗·博瑪（Marie Brema），在《參孫與大利拉》（Samson et Dalila）一劇中飾演大利拉。

(左圖)作曲家凱撒‧法蘭克,他可能是凡德伊這個角色的原型。

(右圖)外交官卡密‧巴黑爾(Camille Barrère),可能為諾布瓦這個角色提供許多特色。

觀察與他對真實世界的印象是同等重要,這些觀察形塑了這個早熟少年的青春期,他可以墜入愛河,批評藝術,精確觀察成人的行為,喝醉酒,在外婆忘記親吻他道晚安時又哭著入睡。

寫作技巧與影響

現在小說中許多主要角色都登場了;外交官諾布瓦(Norpois),醫生戈達爾(Cottard),夏呂斯男爵,聖魯,維勒巴利西斯侯爵夫人(Marquise de Villeparisis),阿爾貝蒂娜以及其他還會在未來冗長篇幅中出現的人物。每一個人以上千種巧妙方式影響另一個人,生活在某種回音廊裡,跳著慢板的薩拉班德宮廷舞曲(saraband),直到最堅忍不拔的敘事者重拾以往的回憶。把長達十二卷的小說在這裡濃縮的話不免可笑。我們只能反映一個普遍的印象,研究幾項技巧。比方說,《蓋爾芒特家那邊》如何呈現世紀末沙龍與上流社會的繁華景象,以及描繪敘事者對一位重量級的社交名流,臉長得像鳥的蓋爾芒特公爵

夫人，產生不求回報的愛戀。關於上流社會的描寫，普魯斯特不但寫出那個階級的金碧輝煌，同時又慢慢暴露他們空泛、勢利與腐化的一面。他有時是靠著冷靜的睿智辦到的，例如當他用生花妙筆描寫歌劇院裡坐在包廂的貴族時——他們如何坐進這麼多小會客室裡，把不感興趣的手放在鑲金的柱子上，裝出「他們很有雅興欣賞演出，如果他們真懂得何謂雅興的話」。但是這段關於豪華劇院的長篇描述，其目的是要框住兩位包廂女神——蓋爾芒特公爵夫人與親王夫人——天鵝般白絨絨的優雅，這是小說中讓讀者印象深刻的片段之一。在長達十二卷的小說迷宮中，再加上角色之間錯綜複雜的互動，這麼清晰的特寫自然會在記憶中留下難以磨滅的印記。有些人可能會記得海邊的玻璃餐廳希福貝勒（Rivebelle），馬賽爾興奮地與聖魯在其中一個房間用餐，服務生像鳥一樣飛來飛去，白色圓桌的聚集看似自成一格的星系。有些人最記得的也許是記載馬賽爾親愛的外婆過世的片段，過程漫長而且令人難過，不同醫生各持己見，診斷錯誤，這位老婦只被病痛和嗎啡慢慢瓦解，又瞎又聾，有那麼一刻被醫生厭棄的病人接受

「卡特隆綠地」，一間時髦的餐廳，亨利·傑爾維克斯所畫（1909年）。這家餐廳位於布隆尼森林裡，與普魯斯特筆下海邊的希福貝勒餐廳一樣有透明親水的特色。

《巴黎花園晚上的美人》（*Les Belles de nuit au jardin de Paris*），尚·貝何所畫（1905年）。這是法國夏日的樂趣。

水蛭放血治療──「緊黏在她的脖子，太陽穴，耳朵，小黑蛇在她染血的頭髮裡扭轉，就像梅杜莎（Medusa）的頭一樣」。然後，在另一個截然不同的情節裡，我們可以輕易記起許多夏呂斯男爵所在的熱鬧場景。尤其是當他突如其來地發脾氣，逼得壓抑、純真的敘事者突然撿起男爵的高帽來踐踏──而這位性情怪異的貴族卻冷冷地叫人再拿一頂來替換。或者不是什麼場景，而是男爵傲慢的想法──例如他對德雷弗斯這件重大社會政治事件的看法，他認為德雷弗斯不可能是叛國賊，因為他不是法國人而是猶太人。或者是關於他同性戀眼神的描寫，海綠色的凝視，游移的眼神，對沒有男子氣概的年輕人採取的防衛性撻伐。

　　這些在詩意寫實中值得記憶的事件之所以突出，是因為普魯斯特的寫作技巧。整部小說裡他常用長篇討論來中斷情節，任何手邊的主題都可以談，時間或藝術的本質，文藝復興威尼斯的海上生活，軍事戰略科學，各種促進愛情的妒忌，排斥同性戀者與排斥猶太人的比較。一開始這些冗長的中斷可能令人不耐，可能被視為作者的自溺，

直到讀者發覺它們都是屬於敘事者內心的一部分,所以可以合法存在,因爲每個人都有內心世界,想法,意見,以及內在的疑惑。雖然讀起來比較不像小說家的作品,反而比較像某位心理學大師的作品,而且這位大師星期天還作畫:畫出現在心裡的速度比詩快,因爲普魯斯特有很強的視覺和觸覺,而且他愛用暗喻和視覺修辭。舉例來說,小說裡提到香榭麗舍大道上的廁所,「那些石造小隔間,人在裡頭得像獅身人面像一樣蹲伏」。這是相當精準的描寫。或者舉另一個比較符合他拐彎抹角長句的例子,這是餐後對一張桌子的欣賞,以下只是一部分而已:

高提耶(Gaudrier)設計的香榭麗舍大道民房平面圖(約1865年)。普魯斯特用這個奇怪的設計來象徵上流社會的虛榮,與維爾杜蘭夫人身邊那群出席她沙龍的小集團對照。小說中有幾段重要的片段發生在這些「必要的小間」(cabinets de nécéssite)裡:在平面圖上可以看到「……那些石造小隔間,人在裡頭得像獅身人面像一樣蹲伏」(引自《在少女們身旁》第一卷)。

因為我曾看過艾斯提爾用水彩描繪同樣的東西，我努力在現實中尋找，彷彿為了它們的詩意美，我珍惜幾隻重疊躺放的刀子，一張被棄置、拱起的桌巾，陽光於其上撒上一片如黃色絲絨的光，半空的杯子因而更能展現其線條……在被拿了一半的盤子上梅子顏色變換，由綠到藍，由藍到金黃，而椅子，像一群老婦，一天兩回來到這張鋪著白布像祭壇的桌子旁就位……而在空的蠔殼上，幾滴滌清的水彷彿在石製小聖水杯裡聚集；我試圖在**我從不曾覺得可能的地方**尋找美，在最平凡的事物裡，在「靜物」的深奧之中〔編注：楷體文字為作者在原書引文中使用斜體標示的部分〕。

　　長篇的反省片段暫停了筆下人物的生命。雖然這些人物乍看之下很真實，他們的行動突然被暫停，讓讀者感覺他們彷彿是真人大小的壁畫中人：像曼特尼亞（Mantegna）畫的曼圖亞（Mantua）人，比利時畫家戴勒佛（Delvaux）筆下盛裝參加花園饗宴的人物，巴爾蒂斯（Balthus）筆下做夢的青少年。翻過幾頁後，他們又恢復生機。但是他們站立等待許久，永存在時間裡。時間的整個結構被拿來玩弄，一下倒流一下前轉，一下又跳過好幾年：寫一天可以寫個兩百八十七頁，而幾年的時間可以不記錄就直接跳過。這些當然是刻意安排。不過，有些敘述還是有疑問：例如斯萬的舊情——光聽傳聞的人怎麼能鉅細靡遺地重述當時的情形？該段敘述變成存於一部似乎可信的小說裡的一段不可能的虛構，讓你很難假裝相信。

　　普魯斯特所受的文學影響相當多，他是個什麼都讀的讀者：某些最明顯的來源包括聖西蒙（Saint-Simon）錯綜複雜的回憶錄，拉斯金的畫家觀，夏多布里昂，波特萊爾，耐華爾對時光流逝的詮釋。繪畫與音樂的影響同等重要，莫內與艾勒（Helleu）的油畫，凱撒·法蘭克與聖桑的音樂。但是凌駕一切的影響來自於他自己的人生。從全知的角度閱讀，有時不免訝異普魯斯特竟如此看不清自己。他可以批評羅貝爾·比利（Robert de Billy）使用「太多形容詞」。他可以細說：「一本內含理論的書就像一件標籤沒撕掉的商品」——最直言不諱的作家竟口出此語！而關於雷米·顧爾蒙（Rémy de Gourmont）的主張：「人最擅長寫他從未經歷過的事情」，他敢如此宣稱，「這是我全部的作品。」他反對作者老是讓人物穿上外套的小說——把「外套」換成「車子」就是普魯斯特他自己。

但是這些小問題不會對一艘巨大的飛船產生什麼阻礙。普魯斯特是二十世紀少數的文學天才之一，當他的長篇小說隨陣陣湧上心頭的不自主回憶而達到高潮，後面接著是社會名流令人訝異的死亡之舞，現在他們個個白髮斑斑出現在新蓋爾芒特親王夫人最後一次的接待——我們真的覺得他的追尋是值得的，他對逝去時間的探索終於圓滿，其中的過程照亮了我們的生命。我們記得引發他回憶的平凡屋內聲響，水管的歌聲，中央暖氣的咳嗽聲；火爐裡燃燒木頭的味道；上漿過的餐巾摸起來的觸感：我們不知未來是否還會從眼前的生活瑣物中重拾這些珍貴的回憶，比如吸塵器的鳴聲，冰淇淋車的鈴聲，噴射機的引擎聲，煮沸罐頭的味道，塑膠表面的平板觸感，泡在即溶咖啡裡的甜甜圈……並且詫異我們自己的經驗是否也曾被他的召喚所觸及，例如那重要、神祕的母親形象，身穿晚裝站在床邊——一個晚安親吻，不會是大逆不道，如《彼得潘》（*Peter Pan*）裡的達林太太（Mrs Darling）？

　　在小說的第一個句子裡就出現「時間」一詞。之後整部小說裡它一再出現，有時輕聲細語，有時如雷貫耳，但它總是在那裡，直到小說的最後一句話，這本書的精華在最後一個字裡展露無遺：

> 但是如果我還有足夠力氣支撐我完成我的作品，至少我不會忘記首先要寫人們（就算把他們寫得像怪物）怎麼占據一個地方，相較於空間中為他們分配的位置，那一個相當大的地方，一個剛好相反，無限延伸的地方——因為就像潛入似水年華的巨人一樣，他們同時觸及相聚甚遠的幾個時代，時代與時代間又安插了這麼多漫長的時日——在「時間」的向度裡。

馬賽爾·普魯斯特年表

1871年 馬賽爾·普魯斯特生於七月十日。

1873年 弟弟羅貝爾·普魯斯特出生。

1880年 第一次氣喘發作。

1882-89 就讀於貢多塞中學。1886年邂逅初戀女子瑪麗·貝納達基。爲學校雜誌寫稿。參加史特勞斯、貝涅爾與勒梅爾夫人的沙龍。

1889年 十一月加入奧雷昂第七十六步兵隊服役一年。

1890年 外婆納德·韋伊夫人（Mme Nathé Weil）一月過世。十一月註冊成爲索爾本大學法學院學生。後來受教於柏格森。

1892年 爲《宴會》撰稿。

1893年 遇見羅貝爾·孟德斯鳩伯爵，由伯爵引介進入貴族上流社會。爲《白色評論》撰稿。十月取得法學士學位。

1894年 五月參加孟德斯鳩伯爵爲雷翁·德拉佛斯舉行的宴會。

1895年 三月，獲得哲學學位。成爲馬扎林圖書館職員，領乾薪的工作一直做到1900年。在這一年以及接下來的幾年裡，活躍於上流社會，並赴荷蘭、比利時、德國及瑞士旅遊。

1896年 外叔祖父路易·韋伊過世。第一本書《歡樂與時日》於六月出版。《尚·桑德伊》動筆。

1897年 與尙·羅杭決鬥。

1898年 爲重審德雷弗斯事件籌集請願簽名。

1900年 首度出版關於拉斯金的文章。五月到威尼斯和帕多瓦旅行。普魯斯特舉家遷至古賽勒街45號。

1902年 十月造訪比利時和荷蘭。

1903年 弟弟羅貝爾·普魯斯特醫生結婚。《亞眠的聖經》翻譯選錄出版。十一月，父親過世。

1904年 《亞眠的聖經》翻譯出版。

1905年 九月母親過世。十二月住進索利耶醫生的神精疾病療養院。

1906年 一月離開療養院。《芝麻與百合》翻譯出版。八月到十二月住在凡爾賽，準備遷入歐斯曼大道102號。

1907年 赴卡堡度假，邂逅阿勒菲德·阿戈斯提奈利並雇用他爲司機。

1908年 根據「勒穆萬醜聞」（Lemoine Case）而作的精彩擬作出版。告訴史特勞斯夫人他打算開始寫一部長篇小說。

1909年 問喬治·羅西伯爵可否在小說中使用蓋爾芒特之名。八月時告訴史特勞斯夫人

他已經開始並完成一部長篇小說。這裡指的是《追憶似水年華》的第一個版本。

1910年 他人在卡堡時家中安裝軟木隔板。

1912年 《追憶似水年華》的初版修訂完成。阿戈斯提奈利成為住家秘書。《費加洛報》刊出小說的摘錄。新法蘭西評論社和法斯蓋爾出版社拒絕這本小說。

1913年 奧朗多夫出版社拒絕他的小說。三月份時格拉賽同意出版，由普魯斯特出資，十一月十四日《在斯萬家那邊》出版。

1914年 五月阿戈斯提奈利墜機身亡。六月和七月新法蘭西評論社刊登《蓋爾芒特家那邊》的文摘。

1915年 十一月把阿爾貝蒂娜故事的摘要送給雪克維奇夫人看。

1916年 出版商從格拉賽換成新法蘭西評論社。

1919年 必須搬離歐斯曼大道，在女演員黑珍娜家住幾個月後搬到阿莫朗街44號。
《在少女們身旁》出版。
《擬作與雜記》出版。
《在斯萬家那邊》再版。
十二月，《在少女們身旁》獲得龔固爾獎。

1920年 獲頒騎士榮譽勳章。《蓋爾芒特家那邊》第一卷出版。

1921年 《蓋爾芒特家那邊》第二卷和《所多瑪和蛾摩拉》第一卷出版。孟德斯鳩過世。

1922年 《所多瑪和蛾摩拉》第二卷出版。十一月十八日普魯斯特過世。

1923年 《女囚》出版。

1925年 《女逃亡者》出版。

1927年 《重現的時光》出版。

普魯斯特筆下人物的來源

（讀者必須記住，雖然普魯斯特承認從真人的習性和外表擷取部分細節，他強調每一個角色最終仍是虛構的，是八個、十個或更多原型的綜合體。）

阿爾貝蒂娜：阿勒菲德・阿戈斯提奈利／路易莎・莫荷儂／瑪麗・菲納里／亨利・侯夏。

貝戈特／阿那托勒・法朗斯／馬利－阿勒封斯・達呂（Marie-Alphonse Darlu）／阿勒封斯・都德／艾奈斯特・何農（Ernest Renan）／普魯斯特本人。

貝爾瑪：莎拉・貝納／黑珍娜。

夏呂斯男爵：杜桑男爵／羅貝爾・孟德斯鳩伯爵；尚・羅杭。

艾斯提爾：莫內／艾勒／莫侯（Moreau）／惠斯勒（Whistler）。

弗朗索瓦絲（Françoise）：賽蕾絲特・阿勒巴黑；其他住在伊利耶的傭人像是瑟林（Céline），費麗西（Félicie）與愛奈絲汀。

吉兒貝特：瑪麗・貝納達基／珍娜・布桂。

蓋爾芒特公爵夫人：雪維尼伯爵夫人／葛夫樂伯爵夫人／史特勞斯夫人。

蓋爾芒特親王夫人：葛夫樂伯爵夫人。

居皮翁：阿勒貝爾・古齊亞。

莫黑勒（Morel）：雷翁・德拉佛斯／亨利・侯夏。

奧黛特：羅荷・海曼／交際花雷歐妮・克羅斯梅斯尼。

哈雪兒：路易莎・莫荷儂／交際花愛米麗安・阿隆松（Emilienne d'Alençon）。

聖魯：貝爾東・費內龍伯爵／加斯東・雅蒙卡亞維／嘉布艾／何許傅柯伯爵／喬治・羅西伯爵。

斯萬：夏賀勒・哈斯／保羅・愛爾維爾；艾彌兒・史特勞斯／夏賀勒・艾弗西（Charles Ephrussi），《藝術報》（Gazette des Beaux-Arts）編輯／普魯斯特本人。

維爾杜蘭夫人：歐培農夫人／雅蒙・卡亞維夫人／勒梅爾夫人。

維勒巴利西斯侯爵夫人：波蘭古爾伯爵夫人（Comtesse de Beaulaincourt）／勒梅爾夫人。

凡德伊：凱撒・法蘭克；德布西（Debussy）／聖桑。

《追憶似水年華》法／英版本書名對照：

《在斯萬家那邊》：
Du côté de chez Swann / Swann's Way

《在少女們身旁》：
A l'ombre des jeunes filles en fleurs / Within a Budding Grove

《蓋爾芒特家那邊》：
Le côté de Guermantes / The Guermantes Way

《所多瑪和蛾摩拉》：
Sodome et Gomorrhe / Cities of the Plain

《女囚》：
La Prisonnière / The Captive

《女逃亡者》：
Albertine disparue / The Sweet Cheat Gone
（以上英文書名皆由C.K.史考特－蒙克耶夫〔C.K. Scott-Moncrieff〕翻譯。）

《重現的時光》：
Le Temps retrouvé / Time Regained
（第一次是由史戴芬・哈德生〔Stephen Hudson〕翻譯。1969年再版時由安達亞・梅爾〔Andreas Mayor〕翻譯。）

圖片說明

書名頁 馬賽爾・普魯斯特；照片約攝於1896年。照片來自廣播時代郝頓圖像圖書館 (Radio Times Hulton Picture Library)。

11頁 蒙梭公園入口；喬治・西侯(Georges Sirot)的收藏。

13頁 卡密・畢沙荷所繪的《義大利人大道》，1897年。華盛頓特區，國家藝廊 (National Gallery of Art)卻斯特・戴爾 (Chester Dale)收藏。

14頁 馬賽爾・普魯斯特與友人；蒙特－普魯斯特(Mante-Proust)收藏。

15頁 臂章；普魯斯特所繪的漫畫。尚－克勞德艾傑(Jean-Claude Eger)提供。

《眾聖崇拜的三位一體》，普魯斯特根據德國畫家杜賀的《三位一體崇拜》所繪的漫畫，現存於維也納的昆許史托利許博物館 (Kunsthistorisches Museum)。路易・克雷耶 (Louis Clayeux)提供。

16頁 《湯馬斯・卡萊爾》；詹姆斯・麥克奈爾・惠斯勒的畫作，1873年。格拉斯哥藝廊(Glasgow Art Gallery)。

《湯馬斯・卡萊爾》；普魯斯特臨摹惠斯勒畫作的素描。路易・克雷耶提供。

17頁 《佛德維爾劇院，大道》；尚・貝何的作品，1889年。卡那瓦雷博物館(Musée Carnavalet)。

18頁 《聖克魯大道的週日散步》；亨利・伊凡波的作品，1899年。里耶吉美術館 (Musée des Beaux-Arts, Liège)。

19頁 《蜜西亞・賽特》；奧古斯特・雷諾瓦的作品。費城，巴尼斯基金會(The Barnes Foundation)。

20頁 安娜・帕芙洛娃的《女精靈》(*Les Sylphides*)；1909年夏特雷劇院(Théâtre du Châtelet)的俄羅斯歌劇芭蕾季的海報。倫敦，英國戲劇博物館協會(British Theatre Museum Association)。

21頁 葛夫樂伯爵夫人與葛拉蒙公爵離開馬德蓮教堂，1904年。葛拉蒙公爵提供。

22頁 1867年爲了向前來巴黎參觀世界博覽會的俄國沙皇與普魯士國王致意，在杜樂利王宮舉行的晚宴；亨利・夏賀勒・安東・巴洪的水彩畫。宮比艾涅城堡(Château de Compiègne)。

23頁 置於槍盒的左輪手槍，由腓德列克・馬達索設計，上面刻著愛蓮・葛夫樂的詩句；普魯斯特送給阿蒙・吉胥和愛蓮・葛夫樂的結婚禮物，1904年。葛拉蒙公爵提供。

24頁 巴黎的聖奧古斯丁教堂和苗圃兵營；喬治・西侯的收藏。

26頁 《雨天的歐洲廣場》；居斯塔夫・卡依波特1877年的畫作。芝加哥藝術學院(Art Institute of Chicago)提供。

27頁　巴黎電話接線生，時約1890年。

巴黎地鐵站細部；由艾克多‧吉馬所設計，時約1900年。

28頁　1889年巴黎博覽會之艾菲爾鐵塔一景。德州大學傑生收藏（Gernsheim Collection）。

29頁　油燈；呂西安‧勒菲夫爾（Lucien Lefèvre）所製的海報，1895年。約翰‧坎貝爾先生提供。

Châlet du Cycle；何內‧貝翁（René Péan）的海報。

30頁　《托卡德洛廣場》；艾奈斯特‧黑努（1863-1932年）的畫作。倫敦，凱普蘭（Kaplan Gallery）畫廊提供。

31頁　古耶公司（Guiet and Co.）的廣告，電動汽車製造者；1899年的海報。

32頁　1871年巴黎公社事件期間先賢祠附近的衝突。曼賽爾收藏（Mansell Collection）。

毀壞的奧特伊火車站，1871年；夏賀勒‧蘇利耶（Charles Soulier）所拍的照片。維多利亞與艾伯特博物館（Victoria and Albert Museum）印刷室（Print Room）。

33頁　阿德里安‧普魯斯特教授；蒙特－普魯斯特收藏。

阿德里安‧普魯斯特夫人，本名珍娜‧韋伊；蒙特－普魯斯特收藏。

34頁　《公寓一隅》；克勞德‧莫內的畫作，1875年。

35頁　孩提時的羅貝爾與馬賽爾‧普魯斯特；蒙特－普魯斯特收藏。

36頁　伊利耶的教堂鐘樓；蒙特－普魯斯特收藏。

37頁　伊利耶的市場。羅傑－維歐雷（Roger-Viollet）攝影。

38頁　「卡特隆綠地」，姑丈吉勒‧阿米歐的花園；蒙特－普魯斯特收藏。

39頁　阿米歐家的房屋。羅傑－維歐雷攝影。

40頁　阿米歐家的花園。羅傑－維歐雷攝影。

41頁　《提著澆花器的小女孩》；奧古斯特‧雷諾瓦的作品，1876年。華盛頓特區，國家藝廊，卻斯特‧戴爾收藏。

42頁　《托維爾的海灘》；克勞德‧莫內的作品，時約1870年。

《午餐》；克勞德‧莫內的作品，時約1873年。吉侯東（Giraudon）攝影。

43頁　《帶著大帽的翁麗葉特》；亨利‧伊凡波1899年的作品。布魯賽爾，皇家美術館（Musées Royaux des Beaux-Arts）。

44頁　貢多塞中學時期的普魯斯特；大約攝於1887年；蒙特－普魯斯特收藏。

《貢多塞中學放學》；尚・貝何的作品，1903年。卡那瓦雷博物館。吉侯東攝影。

45頁 《摩里斯圓柱》(*The Moriss column*)；尚・貝何的作品。卡那瓦雷博物館。布洛茲(Bulloz)攝影。

46頁 自由女神像在設計師佛德列克・巴朵迪家的院子進行施工；維多・達果(Victor Dargaud)1883年的畫作。卡那瓦雷博物館。吉侯東攝影。

47頁 《凱旋門》(*L'Arc de Triomphe*)；裘賽普・尼提斯（1846-84年）的畫作。蘇富比提供。

史特勞斯夫人，本名潔內薇耶芙・阿勒維(Geneviève Halévy)；艾里・德洛內1878年的畫作。羅浮宮。艾林・崔迪(Eileen Tweedy)攝影。

48頁 阿那托勒・法朗斯；艾德加・夏因蝕刻而成。曼賽爾收藏。

《亨利・柏格森》；賈克－艾米・布朗許（1861-1942年）的畫作。盧昂美術館(Musée des Beaux-Arts, Rouen)。吉侯東攝影。

49頁 1890年服役中的馬賽爾・普魯斯特身穿軍服，照片上寫有給加斯東・雅蒙・卡亞維的文字；蒙特－普魯斯特收藏。

50頁 卡堡的海濱風光；德拉艾(Delahaye)攝影，時約1900年左右。喬治・西侯收藏。

51頁 《羅荷・海曼》；朱利亞斯・史都華1882年的粉彩蠟筆畫。尚・迪耶德勒(Jean Dieterle)提供。艾林・崔迪攝影。

52頁 《包廂》(*La Loge*)；亨利・傑爾維克斯的畫作，時約1880年。倫敦，費洛斯(Ferrers Gallery)藝廊提供。

葛夫樂伯爵夫人，本名伊麗莎白・卡拉曼－胥梅(Elizabeth de Caraman-Chimay)；菲利普・拉斯洛・隆波斯繪於1909年。葛拉蒙公爵提供。艾林・崔迪攝影。

53頁 史特勞斯夫人與朋友合影（夏賀勒・哈斯在左邊，艾德加・竇加在她後面）；蒙特－普魯斯特收藏。

54頁 瑪德蓮・勒梅爾在她的畫室裡；那達(Nadar)攝影；喬治・西侯的收藏。

巴巴漢夫人(Mme de Barbarin；本名瑪麗・菲納里)，以及女兒。何內・勒別夫人(Mme René Le Bret)提供。

55頁 羅貝爾・孟德斯鳩伯爵站在繆斯閣外，他座落在麥尤大道的家，時約1904年。巴黎，國家圖書館(Bibliothèque Nationale)。

57頁 《糕點鋪內部》；尚・貝何繪於1889年。卡那瓦雷博物館。布洛茲攝影。

58頁 《1867年的皇街俱樂部》；從左到右分別是杜爾－毛布爾伯爵(Comte A. de la Tour-Maubourg)，勞侯爵(Marquis du Lau)，艾提安・加內伯爵(Comte Etienne de Ganay)，尚・何許胥瓦伯爵(Comte Jean de Rochechouart)，凡西達(C. Vansittart)，米哈蒙侯爵(Marquis de Miramon)，歐丹桂男爵(Baron Hottinguer)，加內侯爵(Marquis de

Ganay），加斯東‧聖莫利斯（Gaston de Saint-Maurice），波里梁克親王，加利菲侯爵，夏賀勒‧哈斯；詹姆斯‧提索繪於1868年的作品。羅傑-維歐雷攝影。

60頁　雅蝶翁‧雪維尼伯爵夫人，攝於1889年。巴黎，國家圖書館。

61頁　瑪德蓮‧勒梅爾的黑維翁城堡（位於塞納馬恩），上有她女兒的題字。明信片；蒙特-普魯斯特收藏。

《瑪蒂德公主位於聖卡提恩鄉間別墅的書房》（*Library of Princesse Mathilde at her country-house Sanit-Gratien*）；夏賀勒‧吉侯（Charles Giraud）的畫作。皮耶‧法布斯（Pierre Fabius）提供。

62頁　一個社交場合，時約1890年；喬治‧西侯的收藏。

保羅‧波黑設計的蝙蝠袖寬鬆上衣，由瑪里亞諾‧佛度尼所裝飾，時約1910年。法國服飾藝術協會收藏（l'Union française des Arts du Costume）。艾林‧崔迪攝影。

63頁　《安娜‧諾艾伯爵夫人》；奧古斯特‧羅丹未完成的石膏像，時約1906年。巴黎，羅丹美術館（Musée Rodin）。

雷納多‧漢恩在家中。羅傑-維歐雷攝影。

64頁　站立者：艾德蒙‧波里梁克親王，博可凡親王夫人，馬賽爾‧普魯斯特，博可凡親王，雷翁‧德拉佛斯。第二排：蒙傑納夫人（Mme Montgenard），波里梁克親王夫人，馬太‧諾艾伯爵夫人（Comtesse Mathieu

de Noailles）。第一排：卡拉曼-胥梅親王夫人，阿貝勒‧艾蒙（Abel Hermant）。蒙特-普魯斯特收藏。

卡塔貝克辛海報，一種治療咳嗽與氣喘的藥，加皮耶洛設計。

65頁　《白色評論》的海報，1895年，亨利‧土魯斯-羅德列克設計。巴爾的摩藝術博物館（Baltimore Museum of Art），古曼收藏（Gutman Collection）。

66頁　瑪德蓮‧勒梅爾為普魯斯特作品《歡樂與時日》所畫的插圖，1896年。大英博物館。

呂西安‧都德，約攝於1896年；照片上有馬賽爾‧普魯斯特的題字；蒙特-普魯斯特收藏。

67頁　尚‧羅杭；SEM（喬治‧古爾薩〔Georges Goursat〕所繪的漫畫，時約1905年。維多利亞與艾伯特博物館印刷室。

1897年普魯斯發表與羅杭決鬥的聲明。賈克‧傑杭（Jacques Guérin）提供。

68頁　數百沙龍的海報，出自厄建‧格拉賽之手，1894年。維多利亞與艾伯特博物館印刷室。

69頁　《莎拉‧貝納》；曼紐爾‧歐哈奇的作品，約於1900-3年。倫敦，費洛斯藝廊提供。

70頁　邦尼‧卡斯特藍伯爵；那達攝影。巴黎，國家圖書館。巴黎攝影資料館（Photo

Archives Photographiques）。

卡斯特藍的家為洋槐節設宴的場景，1896年
6月；喬治‧西侯的收藏。

71頁　《證券交易所》；艾德加‧竇加的作
品，時約1879年。羅浮宮。吉侯東攝影。

72頁　法國軍官阿勒菲德‧德雷弗斯正要入
獄，1894年；鑴版畫。曼賽爾收藏。

法國遭受敵人攻擊；《反猶太》（L'Antijuif）
刊物裡刊登的漫畫，1898年9月8號。大英博
物館。

法國軍官華勒生‧埃斯特哈奇被丟進濁流
裡；雷翁德為刊物《笑》畫的插圖，1898年
9月16號。大英博物館。

73頁　阿勒菲德‧德雷弗斯軍官1906年復職
後；喬治‧西侯的收藏。

74頁　《鍍金聖母》（Vierge Dorée）；亞眠教
堂的聖母雕像。布洛茲攝影。

75頁　康塔里尼－法頌宅院，威尼斯；約
翰‧拉斯金的鉛筆水彩畫，1841年。牛津，
艾許墨林博物館（Ashmolean Museum）。

76頁　皇街以及馬德蓮廣場；喬治‧西侯收
藏。

77頁　艾曼紐艾拉‧畢貝斯科親王，夏普朗
（J. C. Chaplain）1891年的雕飾；畢貝斯科親
王夫人收藏。史奈普（Schnapp）攝影。
安東‧畢貝斯科親王。蒙特－普魯斯特收
藏。

78頁　路易莎‧莫荷儂，1901年；儒林傑
（Reutlinger）攝影。私人收藏。

80頁　卡堡大飯店的明信片。巴黎，國家圖
書館。

81頁　阿勒菲德‧阿戈斯提奈利。聖西爾夫
人（Mme Saint-Cyr）提供。

1908年汽車大獎競賽的海報。

82頁　《艾哈尼附近的風景》（Landscape
near Eragny）；卡密‧畢沙荷1895年的作
品。巴黎，網球博物館（Musée du Jeu de
Paume）。

83頁　《伊芳‧樂霍勒小姐的三態》（Mlle
Yvonne Lerolle in three aspects）；莫利斯‧丹
尼斯的作品，1897年。土魯斯，奧利維耶‧
胡爾（Olivier Rouart）提供。

84頁　聖羅的聖母院；約翰‧拉斯金的鉛筆
水彩畫，1848年。哈佛大學，佛格藝術博物
館（Fogg Art Museum）。

《盧昂大教堂的西面》；克勞德‧莫內的作
品，1894年。華盛頓特區，國家藝廊，卻斯
特‧戴爾收藏。

87頁　《回憶》；費南‧克諾夫的蠟筆畫，
1889年。布魯賽爾，皇家美術館。

88頁　1910年塞納河氾濫時的大奧古斯丁堤
岸；喬治‧西侯收藏。
菲力克斯‧馬友勒；喬治‧西侯收藏。

89頁　兩個包頭巾的婦女；雷翁‧巴克斯特

1910年的水彩作品。蘇富比提供。

法斯拉夫·尼金斯基與伊達·魯賓斯坦演出芭蕾舞《一千零一夜》；喬治·巴比耶繪於1911年。倫敦，英國戲劇博物館協會。

90頁　《追憶似水年華》最後一頁的手稿（《重現的時光》第二卷）。巴黎，國家圖書館。

91頁　《四月》，「美麗園丁」商店分發的月曆其中一頁；厄建·格拉賽1896年的設計。漢堡，昆斯特與傑韋伯博物館（Museum für Kunst und Gewerbe）。

93頁　《在斯萬家那邊》的校稿，上有普魯斯特的修改。巴黎，國家圖書館。

94頁　《安德烈·紀德》；賈克－艾米·布朗許1912年的作品。盧昂美術館。吉侯東攝影。

95頁　漢斯（Rheims）1909年的航空週海報；蒙多（E. Montaut）設計。

蒙地卡羅航空賽海報，1909年；昆恩（J. A. Grün）設計。

96頁　巴黎軍政府首長加里耶尼（Gallini）1914年9月3日發出這張動員令。布魯賽爾，軍隊皇家博物館（Musée Royal de l'Armée）。

97頁　雷納多·漢恩在一次世界大戰的西戰線上。蒙特－普魯斯特收藏。

羅貝爾·普魯斯特醫生在第一次大戰期間休假時的照片。蒙特－普魯斯特收藏。

98頁　麗池飯店的耶誕夜菜單。巴黎麗池飯店提供。

99頁　巴黎麗池飯店。巴黎麗池飯店提供。

100頁　《蘇柔公主》（後來的保羅·莫洪夫人）；呂西安－列維－杜爾梅爾（Lucien Lévy-Dhurmer）所繪。保羅·莫洪先生與夫人提供。艾林·特迪攝影。

麗池小餐廳的餐桌擺設。巴黎麗池飯店提供。

101頁　布隆尼森林的一個早晨；根據西蒙（J. Simont）1919年6月7日刊於《圖示》的作品。大英博物館。

102頁　《森林大道》；艾奈斯特·黑努（1863-1932年）的作品。倫敦，凱普蘭畫廊提供。

103頁　齊柏林飛艇被探照燈照到；《圖示》1915年3月27日的卷首插圖。大英博物館。

車站的軍人，1914年。喬治·西侯的收藏。

104頁　《尚·考克多》；賈克－艾米·布朗許繪於1912年。盧昂美術館。吉侯東攝影。

《保羅·華雷西》；賈克－艾米·布朗許繪於1913年。盧昂美術館。吉侯東攝影。

105頁　黑珍娜扮成莎岡王子的模樣，獻給普魯斯特。喬治·西侯的收藏。

阿莫朗街；明信片。巴黎市立歷史圖書館（Bibliothèque de la ville de Paris）。

106頁 《在少女們身旁》的扉頁；1920年新法蘭西評論社出版，題獻給蘇柔公主。保羅‧莫洪先生與夫人提供。

107頁 《德爾芙特的景色》；詹‧佛米爾的畫作，海牙，莫里斯宮（Mauritshuis）。

馬賽爾‧普魯斯特，1921年5月正要離開在網球場博物館舉行的荷蘭畫展。

108頁 1922年1月22日拍給諾艾伯爵夫人的電報。安娜－吉勒‧諾艾伯爵（Comte Anne-Jules de Noailles）提供。

《安娜‧諾艾伯爵夫人在床上書寫》；艾德華‧弗亞的作品。私人收藏。

109頁 亞瑟‧慕尼耶神父，葛夫樂伯爵夫人所作的粉蠟肖像。畢貝斯科親王夫人收藏。「認識藝術」（Connaissance des Arts）攝影。

110頁 臨終的普魯斯特；保羅‧艾勒的蝕刻，1922年。

111頁 卡密‧聖桑的小提琴與鋼琴奏鳴曲第一樂章。巴黎，國家圖書館。

113頁 馬賽爾‧普魯斯特與親戚露天吃午餐。蒙特－普魯斯特收藏。

114頁 巴黎沙龍裡的音樂餘興節目；1898年12月24日刊於《笑》的漫畫。大英博物館。

115頁 蓋爾芒特城堡，在拉尼（Lagny）附近。吉侯東攝影。

116頁 里安娜‧普吉的海報；保羅‧貝東設計。倫敦，克里斯提（Christie）攝影。

《摩西與葉忒羅之女》（*Moses and the Daughters of Jethro*）的細部；桑德羅‧波提切利所作的壁畫，1481-83年。羅馬，西斯汀教堂（Sistine Chapel）。安德生（Anderson）攝影。

117頁 洋槐林蔭道；加皮耶洛為《笑》畫的插圖，1899年6月24日。大英博物館。

118頁 新流行；沙巴提耶為《圖示》所作，1921年11月17日。

《變短的裙裝》（*La Robe relevée*）；保羅‧艾勒的蝕刻，時約1906年。倫敦《圖畫編輯》（*Editions Graphiques*）提供。

119頁 莎拉‧貝納在維多‧雨果的《胡伊‧布拉》的演出，克萊漢（G. Clairin）所繪。巴黎喜劇院（Comédie Française）。吉侯東攝影。

博瑪夫人飾演大利拉；出自《戲劇》（*Théâtre*）的插圖。巴黎，軍事圖書館（Bibliothèque de l'Arsenal）。

120頁 凱撒‧法蘭克。喬治‧西侯收藏。

外交官卡密‧巴黑爾。畢胡（Pirou）攝影。喬治‧西侯收藏。

121頁 《卡特隆綠地》；亨利‧傑爾維克

斯所畫，1909年。傑哈‧賽利格曼（Gérard
Seligmann）提供。艾林‧特迪攝影。

122頁 《巴黎花園晚上的美人》；尚‧貝
何所畫，1905年。布洛茲攝影。

123頁 高提耶的香榭麗舍大道公廁平面設
計圖，時約1865年。巴黎，國家圖書館。

中文索引

英文索引

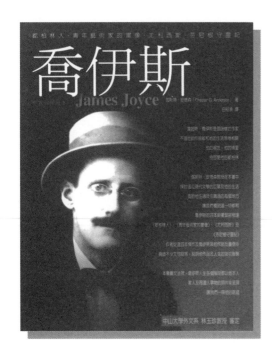

作家與作品 1

喬伊斯

伽斯特・安德森 著
白裕承 譯
中山大學外文系 林玉珍教授 審定

定價250元

作家與作品 2

莎士比亞

F.E. 哈勒岱 著
劉蘊芳 譯
台灣大學外文系 彭鏡禧教授 審定

定價250元

作家與作品 3

王爾德

維維安・賀蘭 著
李芬芳 譯
中山大學外文系 余光中教授 審定

定價250元

作家與作品 4

海明威

安東尼・伯吉斯 著
余光照 譯
台灣大學外文系 劉亮雅教授 審定

定價250元

作家與作品 5

珍・奧斯汀

瑪甘妮塔・拉斯奇 著
黃美智、陳雅婷 譯
東吳大學英文系 謝瑤玲副教授 審定

定價250元

作家與作品 6

布朗蒂姊妹

菲莉絲・班特利 著
郭菀玲 譯
東吳大學英文系 謝瑤玲副教授 審定

定價250元

作家與作品 7

吳爾芙

約翰‧雷門 著
余光照 譯
台灣大學外文系 劉亮雅教授 審定

定價250元

作家與作品 8

葉慈

連摩爾與伯藍 著
劉蘊芳 譯
政治大學英語系 楊麗敏副教授 審定

定價250元

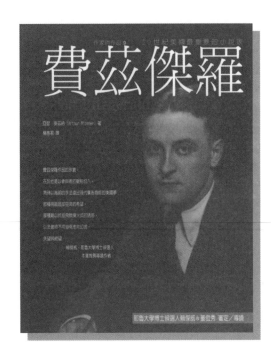

作家與作品 9

費茲傑羅

亞瑟・麥茲納 著
楊惠君 譯
耶魯大學博士候選人賴傑威&董恆秀 審定

定價250元

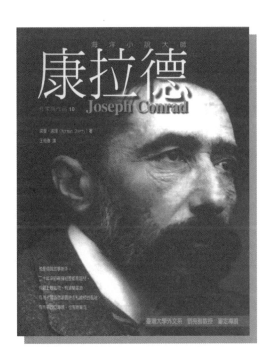

作家與作品 10

康拉德

諾曼・謝理 著
王梅春 譯
台灣大學外文系 劉亮雅教授 審定

定價250元

國家圖書館出版品預行編目資料

普魯斯特／威廉·參孫（William Sansom）著；
林說俐譯 . -- 初版 . -- 臺北市　：　貓頭鷹出
版　：　城邦文化發行，2000〔民89〕
　　面　；　　公分　. --（作家與作品　；　11）
參考書目：面
含索引
譯自　：　Proust　：　with 145 illustrations
ISBN　957-469-202-7（平裝）

1. 普魯斯特（Proust, Marcel, 1871-1922）－
傳記

784. 28　　　　　　　　　　　　　　89016202

貓頭鷹讀者服務卡

◎謝謝您購買(書名)《＿＿＿＿＿＿＿＿＿＿＿＿＿＿＿＿》

　　為了給您更好的服務，敬請費心詳填本卡。填好後直接投郵(免貼郵票)，您就成為貓頭鷹的貴賓讀者，優先享受我們提供的優惠禮遇。

☐先生　　民國＿＿＿＿年生

姓名：＿＿＿＿＿＿＿＿＿＿＿＿＿　☐小姐　　☐單身　☐已婚

郵件地址：☐☐☐＿＿＿＿＿＿縣　＿＿＿＿＿＿鄉鎮
　　　　　　　　　　　　　　市　　　　　　　　市區

＿＿＿＿＿＿＿＿＿＿＿＿＿＿＿＿＿＿＿＿＿＿＿＿＿＿＿

聯絡電話：公(0　)＿＿＿＿＿　宅(0　)＿＿＿＿＿＿

身分證字號：＿＿＿＿＿＿＿　傳真：(0　)＿＿＿＿＿

■您的E-mail address：＿＿＿＿＿＿＿＿＿＿＿＿

■您從何處知道本書？

☐逛書店　　☐書評　　☐媒體廣告　　☐媒體新聞介紹
☐本公司書訊　☐直接郵件　☐全球資訊網　☐親友介紹
☐銷售員推薦　☐其他

■您希望知道哪些書最新的出版消息？

☐百科全書、圖鑑　☐文學、藝術　☐歷史、傳記　☐宗教哲學
☐自然科學　　☐社會科學　☐生活品味　☐旅遊休閒
☐民俗采風　　☐其他

■您是否買過貓頭鷹其他的圖書出版品？☐有　☐沒有

■您對本書或本社的意見：

＊查詢貓頭鷹出版全書目，請上城邦網站 http://www.cite.com.tw

100
台北市信義路二段213號11樓

城邦出版集團
貓頭鷹出版社　收